風の二代目

小料理のどか屋 人情帖28

倉阪鬼一郎

時代小説

二見時代小説文庫

風の二代目——小料理のどか屋人情帖28

目次

風の二代目　小料理のどか屋 人情帖28・主な登場人物

時吉《ときよし》……横山町《よこやまちょう》の、のどか屋の主《あるじ》。元は大和梨川藩《やまとなしがわはん》の侍・磯貝徳右衛門《いそがいとくえもん》。

おちよ……時吉の女房。時吉の師匠で古参の料理人、長吉の娘。

千吉《せんきち》……時吉の長男。祖父の店で修業を積み、縁あって紅葉屋《もみじや》の花板を任される。

長　吉《ちょうきち》……浅草福井町でその名も長吉屋という料理屋を営み、多くの弟子を育てる。

信兵衛《しんべえ》……のどか屋、大松屋《だいまつや》などの旅籠の元締め。旅籠での働き手の差配も行なう。

およう……信兵衛の口利きで、のどか屋などで働くことになった、千吉と同じ歳の娘。

大橋季川《おおはしきせん》……もと俳諧師の隠居。おちよの俳諧の師匠であり、のどか屋の常連。

お登勢《とせ》……与兵衛の後ろ盾で「紅葉屋《もみじや》」を再興した女料理人。丈助の母。

丈　助《じょうすけ》……お登勢の息子。長吉屋で修行に入り父と同じ「丈吉」と呼ばれることになる。

安東満三郎《あんどうみつさぶろう》……隠密仕事をする黒四組《くろよんぐみ》のかしら。甘いものに目がない、のどか屋の常連。

万年平之助《まんねんへいのすけ》……安東配下の隠密廻り同心、「幽霊同心」とも呼ばれる。千吉と仲が良い。

与兵衛《よへえ》……長吉屋の常連の上野黒門町《うえのくろもんちょう》の薬種問屋、鶴屋《つるや》のあるじ。隠居となる。

良　庵《りょうあん》……不忍池《しのばずのいけ》の近くから、旅籠・巴屋の裏手に越して来た腕の良い按摩。

信五郎《しんごろう》……馬喰町の力屋《ちからや》という飯屋の主。のどか屋にいた猫が棲みつき猫縁者となる。

大三郎《だいざぶろう》……おようの義父。つまみかんざしの職人。前夫と死別したおせいを後妻に迎える。

第一章　金目鯛《きんめだい》紅白鍋

一

晩秋の日ざしが心地いい昼下がりだった。

横山町《よこやまちょう》の旅籠《はたご》付き小料理屋のどか屋の横手へ、おかみのおちよが小皿を二つ持って現れた。

そこに小さな祠《ほこら》がある。

祀《まつ》られているのは小さな石像だが、通常のお地蔵さまではなかった。

猫地蔵だ。

なぜか招き猫のかたちをしている。

その前に、おちよは餌皿を二つ置いて両手を合わせた。

いくらか離れたところに、木の墓標が立っている。

柿の若木に寄り添うように立っている墓標には「のどか」と記されていた。のどか屋の守り神だった初代のどかの墓だ。

その隣に、まだ木が若い小さな墓標が立っていた。

そこには、こう記されていた。

ちの

二

眠るがごとき大往生《だいおうじょう》だった。

初代のどかの娘で、長くのどか屋の守り神を続けていたちのは先般亡くなった。

みなにかわいがられ、大往生を遂げた幸せな猫生だった。

「ほんとにいい子だったね。長いあいだ、ありがとう」

跡取り息子の千吉《せんきち》は、そう言って両手を合わせていたものだ。

元武家の時吉《とききち》とおちよが始めた小料理のどか屋は、二度の大火などの荒波も越え、長きにわたってお客さまに愛されつづけてきた。

いまは両国《りょうごく》橋の西詰に近い横山町で旅籠付きの小料理屋として親しまれている。始めたころは江戸でのどか屋しかないくらいだったのだが、真似をして朝の膳を出す旅籠が増えてきた。

のどか屋の名物は朝の豆腐飯《とうふめし》だ。これを食したいがために泊まってくれるありがたい常連客がずいぶん増えた。おかげで、旅籠の六つの部屋は早々に埋まってしまうことまであった。

「そろそろ二幕目かい？」

そんな声がかかって、おちよは我に返った。

旅籠の元締めの信兵衛《しんべえ》が近づいてきた。

「ええ。そろそろのれんを出すところです」

おちよは笑みを浮かべた。

ちのの墓の近くでは、のどか屋の猫たちがじゃれ合っていた。

大きい黒猫がしょう、銀色で縞模様のある珍しい柄《がら》の小太郎《こたろう》、それに、まだ小さい子猫のふくだ。

この三匹が雄猫で、ほかに母猫のゆきと、初代のどかの生まれ変わりの二代目のどかがいる。のどか屋は小料理屋だが、このところ江戸で増えてきた猫屋みたいな雰囲気もあった。

「今日は巴屋《ともえや》の手が足りているので、あとでおようちゃんが助《すけ》っ人《と》に来るから」

信兵衛が言った。

「承知しました。なら、呼び込みに行ってもらいましょう」

おちよは笑みを浮かべた。

元締めの信兵衛はのどか屋のほかに、この界隈《かいわい》に大松屋《おおまつや》や巴屋などの旅籠を持っている。のどか屋はおけいという女が立ち上げのときから手伝ってくれているが、そのほかに旅籠を掛け持ちで働く娘もいる。いまは橋向こうの本所《ほんじょ》から通《かよ》っているおようがその役どころだ。

「ああ、ところでねえ……」

信兵衛の表情がそこでにわかに曇った。

「何かありましたか?」

勘《かん》ばたらきの鋭いおちよが問う。

「ご隠居《いんきょ》さんが腰を悪くしてしまったそうで。当分来られそうにないんだ」

元締めはそう明かした。

「まあ、それは大変」

おちよは急に案じ顔になった。

ご隠居とは、もと俳諧師《はいかいし》の大橋季川《おおはしきせん》のことだ。おちよの俳諧の師匠《ししょう》でもある。のどか屋が神田三河町《かんだみかわちょう》にのれんを出したころからの常連で、岩本町《いわもとちょう》を経て横山町へ移ってからも、「一枚板の置物」と言われるほど毎日のように通ってくれていた。

酒を呑みすぎたら、旅籠のほうに泊まることもしばしばあったから、のどか屋にとってはいちばんの上得意《じょうとくい》だ。その季川が腰を痛めて当分来られないというのは一大事だった。

「とにかく、中でゆっくり」

信兵衛が身ぶりをまじえて言った。

「そうですね。なら、のれんを出すのはしばし待ちましょう」

おちよはうなずいた。

三

「それは、見舞いに行かなければ」

時吉の顔つきが曇った。

「寝たきりというわけじゃないし、按摩《あんま》の療治《りようじ》も始めるそうだから、本復《ほんぷく》してくれるといいんだがねえ」

信兵衛が言った。

「じゃあ、おまえさん、次の午《うま》の日に」

おちよが水を向けた。

「午の日はあさってだな。分かった。まずご隠居さんのところへ見舞いに行くことにしよう」

時吉は段取りを決めた。

午の日にかぎって、時吉は浅草福井町《あさくさふくいちょう》の長吉屋《ちょうきちや》へ料理の指南《しなん》に行く。長吉はおちよの父で、時吉にとっては義父であるとともに料理の師匠でもあった。

時吉が長吉屋で若い料理人に指南を行う午の日は、跡取り息子の千吉がのどか屋の厨《くりや》を受け持つ。千吉が花板《はないた》としてつとめている上野黒門町《うえのくろもんちょう》の紅葉屋《もみじや》は、女あるじのお登勢《とせ》も料理人だから、一人でもどうにか切り盛りできる。

「師匠もお歳《とし》だから、心配だわ」

おちよが胸に手をやった。

「按摩《あんま》さんの当てはついてるんですか？」

座敷の拭き掃除をしていたおけいが手を止めてたずねた。

「ああ。ひとまず長吉屋の客筋から頼んでいると聞いた。長吉さんも腰がときどき痛むらしくてね」

信兵衛が答えた。

「おとっつぁんだって、もういい歳なんだから」

おちよが浮かない顔で言った。

そうこうしているうちに、のれんを出す頃合いになった。

今日は秋の恵みの茸《きのこ》がふんだんに入っている。中食《ちゅうじき》の膳は炊き込みご飯に秋刀魚《さんま》の塩焼きの膳を出して大好評だった。多めにつくった炊き込みご飯がまだ余っているし、天麩羅《てんぷら》もすぐ揚げられる段取りが整っている。

「あら」

のれんを出そうとしたおちよは短い声をあげた。

手伝いのおようとともに、常連が二人、こちらへやってくるのが見えた。

安東満三郎《あんどうみつさぶろう》と万年平之助《まんねんへいのすけ》。

おなじみの黒四組《くろよんぐみ》の二人だった。

四

「若《わけ》えもんが腰を痛めたのならともかく、ご隠居の歳だと心配だな」

檜《ひのき》の一枚板の席に陣取った安東満三郎が言った。

「按摩の療治が効けばいいですがね」

その隣で、万年平之助が言う。

安東満三郎は黒四組のかしらだ。将軍の履物や荷物などを運ぶ黒鍬《くろくわ》の者は三組あることが知られているが、人知れず四組目も設けられていた。

通称、黒四組のつとめは、日《ひ》の本《もと》を股にかけた隠密《おんみつ》仕事と悪党退治だ。時が進むにつれて悪党どもも知恵が回るようになり、一つところで仕事をせず、次から次へと旅をしながら悪さを働く者が増えてきた。贋物《がんぶつ》づくりなどもかつてないほど巧妙《こうみょう》になった。

そこで、多分に鼬《いたち》ごっこの気味はあるが、悪党どもに抗すべく、日の本を自在に動ける黒四組が設けられたという経緯《いきさつ》だった。

「ご隠居さんの声が響かないと寂しくて」

おちよが言った。

「ほんに、のどか屋の顔みたいなご常連さんでしたから」

と、おけい。

「でした、って言っちゃ験《げん》が悪いぜ」

黒四組のかしらがすぐさまたしなめた。

「あ、そうですね。すみません」

おけいがすぐさま謝る。

そこで肴《さかな》が出た。

安東満三郎には、いつものあんみつ煮だ。油揚げを砂糖と醬油《しょうゆ》で甘く煮ただけの簡便な品だが、できたてでも冷《さ》めてもうまい。

「うん、甘《あめ》え」

安東満三郎の口からお得意のせりふが飛び出した。

この御仁《ごじん》、とにかく甘いものに目がない。たいていの料理には味醂《みりん》をどばどばかけて食す。甘いものさえあればいくらでも酒が呑《つづ》めると豪語《ごうご》するのは、江戸広しといえどもこの男くらいだろう。おかげで名を約めて「あんみつ隠密」という呼び名がついた。

「ところで、あの話を」

万年平之助が水を向けた。

こちらには渋い肴が出た。

松茸《まつたけ》と菊の花の煮浸《にびた》しだ。

松茸と菊の花の香り。それぞれに違うものを一つの器に盛ることで、なんとも微妙な味わいが生まれる。俳諧の極意にも一脈通じる小粋《こいき》な肴だ。

「おう、そうだな」

あんみつ隠密は猪口《ちょく》の酒を呑み干してから続けた。

「世に悪党の種は尽きねえ。今度は美濃《みの》のほうから盗賊がいくたりか江戸へ向かったそうだ」

「箱根《はこね》の関所をうまくかわしやがったようで」

万年同心が顔をしかめた。

江戸の朱引《しゅびき》の内側を縄張りにしているから、うち見たところは町方《まちかた》の同心のようだが、属しているのは黒四組だ。この世にいないようなふしぎな御役《おやく》であることから、幽霊同心とも呼ばれている。

「まあ、それは物騒《ぶっそう》で」

おちよも眉根《まゆね》を寄せる。

「で、その美濃の盗賊は、半《なか》ばたわむれに『食べれん組』と呼んでいる」

「食べれん組？」

天麩羅《てんぷら》を揚げる菜箸《さいばし》を動かしながら、時吉が訊いた。

「妙に箸の高いやつらのようで。まずいものが出たら、『こんなまずいものは食べれん』『おう、食べれんで』てな調子の会話を交わすそうだ」

安東満三郎は声色《こわいろ》をまじえて告げた。

「ああ、美濃の訛《なま》りなんですね」

おけいが得心のいった顔つきで言った。

「のどか屋の客は、間違っても『こんなまずいものは食べれん』などとは言わないだろうがな」

万年同心が笑みを浮かべた。

「では、長吉屋と、千吉が花板の紅葉屋にも伝えておきましょう」

時吉が言った。

「おとっつぁんとこはともかく、千吉の出した料理が『食べれん』とか言われたらどうしよう」

おちよがそんな心配をした。

「千坊はおっかさん譲りの勘ばたらきだから、そこでもう悪党をお縄にしたようなもんだな」

あんみつ隠密はそう言って、神棚に飾ってあるものをちらりと指さした。

十手《じって》だ。

初代と二代目ののどか、それに先日亡くなったちの、のどか屋の猫は茶白の柄が多い。それにちなんだ茶色の房飾りがついた小ぶりの十手がそこに鎮座《ちんざ》していた。

町方ではなく、黒四組の十手だ。これまで得意の勘ばたらきで悪党をいくたりもお縄にしてきたのどか屋の親子に、半《なか》ばはほうびとして授けられた十手だった。

「まあ、何にせよ、新手《あらて》の悪党が出てきたら、ひっ捕まえてやるまでよ」

あんみつ隠密が二の腕を軽くたたいた。

そこで天麩羅が揚がりはじめた。

松茸、舞茸《まいたけ》、平茸《ひらたけ》に、海老《えび》や鱚《きす》もある。

「おれは味醂でくんな」

あんみつ隠密が所望《しょもう》した。

天つゆではなく味醂にどばっと浸けて天麩羅を食すのはこの御仁くらいだ。

「天麩羅が泣いてるな」

万年同心は小声で言うと、はらりと小皿の塩を振りかけた。

上役《うわやく》と違って、こちらは味にうるさい舌の持ち主だ。

「うん、甘え」

松茸の天麩羅を食すなり、あんみつ隠密が言った。

隣で幽霊同心が何とも言えない顔つきになった。

五

次の午の日――。

時吉は早めに長吉屋へ向かった。

のれんをくぐるなり、時吉は目を瞠《みは》った。てっきり伏せっていると思っていた隠居の季川が一枚板の席に座っていたからだ。

「おう、時さん」

季川は軽く手を挙げた。

「大丈夫ですか、ご隠居さん。みな心配していたんです。今日はあとで見舞いに行くつもりだったんですが」

時吉は口早《くちばや》に言った。

「ああ、すまないねえ。今日はここまで杖にすがってゆっくり歩いてきたんだが」

季川はあいまいな顔つきで言った。

「酒が入ると危ねえから、帰りは駕籠《かご》を頼むようにするぜ」

一枚板の席から厨ににらみを利かせている長吉が言った。

「悪いねえ。のどか屋までは当分行けそうにないよ」

隠居が寂しげに言う。

「療治のほうはいかがなんですか?」

時吉が問うた。

「按摩も頼んでもらったんだが、どうもいま一つでねえ」

隠居は浮かぬ顔で、かますの筒焼《つつや》きに箸を伸ばした。

筒切りにしたかますのわたを抜き、洗ってから水気を拭く。塩を振って金串を打ち、酢を刷毛《はけ》で塗り、強火の遠火で香《こう》ばしく焼く。

勘どころは、風味豊かな幽庵地《ゆうあんじ》をさっと刷毛で塗ってからの仕上げ焼きだ。うかうかしていると焦げてしまう。熱いうちに串を抜き、骨抜きを巧《たく》みに用いて骨を抜くところにも腕が要《い》る。案の定、若い焼き方はかますを焦がしたり身を崩したりしてしまい、長吉から叱声《しっせい》を浴びていた。

「按摩には出来不出来に加えて、合う合わねえもあるからよ」

と、長吉。

「では、わたしのほうでもほうぼうに声をかけて、いい按摩さんを探してみましょう」

時吉が言った。

「そうしておくれでないか。腰さえしゃんとすれば、まだまだほかのところは達者なんだがね」

季川がもどかしそうに言う。

「おれなんぞより、よっぽど元気だから。……ほれ、よく見てねえとまたかますを焦がしちまうぞ」

長吉は若い料理人を叱咤《しった》した。

「へい、相済みません」

初めて一枚板の席の厨に入った焼き方は、だいぶ蒼《あお》い顔で答えた。

六

時吉による指南《しなん》は、長吉屋ではすっかりおなじみになっていた。

むろん以前はあるじの長吉がすべて指南していたのだが、隠居ほどではないにせよこちらもだいぶ歳で、立ち仕事ばかりだといささか難儀《なんぎ》だ。そこで、娘婿で信を置ける弟子の時吉に午の日だけ指南役を頼んでいるのだった。

ゆくゆくは、長吉屋を時吉が継ぎ、のどか屋はおちよに加えて跡取り息子の千吉とまだ見ぬそのつれあいにという絵図面もなくはないのだが、半《なか》ばは鬼が笑うような話だ。ひとまずは指南役として長吉屋ののれんをくぐる程度だった。

「茸は洗ったりしたら風味が落ちるからな。水気をよく絞った布巾《ふきん》でていねいに汚れを取っていくんだ」

時吉は若い料理人たちに言った。

「へい」

「承知で」

声がそろう。

「それから、舞茸はぬるい湯加減で四半刻《しはんとき》（約三十分）茹《ゆ》でる。それから水気を切って使えば、ことのほか風味が増す」

今日は茸の炊き込みご飯の指南だ。

つくり方はそう難しくはないが、なかなかに奥が深い。十人の料理人がつくれば、十人の味になる。

あとは実際につくらせ、弟子の手の動きなどを見て指南を行った。

「油揚げの焼きはこんな感じで？」

潮来《いたこ》から来た寅吉《とらきち》がたずねる。

千吉の弟弟子《でし》だ。兄弟子の房州《ぼうしゅう》から来た信吉《しんきち》、住み込みの弟子に入った紅葉屋の跡取り息子の丈吉《じょうきち》とともに同じ長屋で暮らしている。紅葉屋の花板になった千吉は、夜の仕込みもあるため見世《みせ》の近くの長屋に住んでいる。おかみのお登勢もいるから、朝は一日おきに長吉屋で修業を続けていた。

「わたしではなく、油揚げに訊け」

時吉は突き放すように答えた。

「焼き目が按配よくついたら終《しま》いだ。それくらい、おのれで決めるべ」

兄弟子の信吉が言った。

「へえ、すんません」

寅吉は頭を下げた。

「松茸裂き、おまえもやってみるか？」

時吉はいちばん若い弟子に声をかけた。

まだ十《とお》の丈吉だ。

「はい、やります」

丈吉は瞳を輝かせた。

紅葉屋のおかみのお登勢の一人息子で、本名は丈助《じょうすけ》という。夫の丈吉を病で亡くしたあと、女手一つで育ててきた丈助は亡き父の跡《あと》を継いで料理人になりたいと言いだした。そこで、十になるのを待って長吉屋に弟子入りさせたところ、みな吉名乗りをするから、呼び名がひとまず亡き父と同じ丈吉になってしまった。これも何かの導きかもしれない。

「松茸はしゃっしゃっと手で裂いたら香りが逃げない。こうやってみろ」

時吉は手本を示した。

初めこそおっかなびっくりだったが、だんだんさまになってきた。

「おう、その調子だべ」

「うめえうめえ」

兄弟子たちが声をかける。

「初めてにしては上出来だ。うめえ炊き込みご飯になるぞ」

長吉が言うと、いちばん若い弟子は花のような笑顔になった。

七

指南を終えて戻ると、一枚板の席の客が増えていた。

一人は元締めの信兵衛、いま一人は学者で寺子屋の師匠でもある春田東明《はるたとうめい》だった。

「ご無沙汰しておりました、先生」

時吉が声をかけた。

「千吉さんは達者にしているようですね」

総髪《そうはつ》の学者が背筋を伸ばしたまま言う。

「おかげさまで。つとめのほうも気張《きば》っているようです」

時吉は笑《え》みを浮かべた。

「それは何よりです。十五にして花板さんなんですから大したものですよ」

春田東明は教え子をほめた。

「先生にいい按摩をおたずねしたんだが、学者ならともかくというお話で」

隠居が苦笑いを浮かべた。

「お役に立てませんでした」

春田東明が頭に手をやった。

「そりゃ、探すのれんが違うんで。……お、そろそろ鍋が上がるぜ」

厨に入り、豆絞りの鉢巻きをきりっと締めた長吉が言った。

厨仕事で始終立ちっぱなしだともたないが、ここぞというときには年季の入った腕を披露する。

「こりゃ、めでたい鍋だねえ」

元締めが言った。

「今日は祝いごとのお客さんが入ってるんで、金目鯛《きんめだい》の紅白鍋に」

長吉が笑みを浮かべた。

金目鯛をだしと醤油と味醂と酒でこっくりと煮る。それぞれに下ごしらえをした蕪《かぶ》や百合根《ゆりね》や人参《にんじん》などの野菜も加える。

煮立ったらたっぷりの大根《だいこん》おろしを加えて紅白仕立てにする。これがまた笑いだしたくなるほどうまい。土鍋のまま供すれば、すぐに冷めることもない。それなりの人数の祝いごとにはもってこいだ。

「金目は地が華美なんだから、お咎《とが》めを受ける気遣いはないしね」

隠居が言った。

昨今はよろずに倹約《けんやく》第一で、華美な料理は目の敵《かたき》にされている。長吉もお上《かみ》に咎められ、半年間江戸十里四方所払《ところばら》いの憂《う》き目《め》に遭ったことがある。

「いかに頭の固《かて》えお上《かみ》でも、金目の赤には文句はつけられめえ」

「ちと声が高いです、師匠」

時吉がすかさず言った。

長吉がちょっとおどけたしぐさで口を手で覆ったから、浅草の老舗《しにせ》に笑いがわいた。

第二章　海老三色煮《えびさんしょくに》

一

長吉屋を出た時吉は、上野黒門町の紅葉屋へ向かった。

隠居の季川も行きたがっていたが、今日やっと杖を突いて長吉屋に来たばかりだ。駕籠を使うとはいえ無理はできないから周りが止めた。

「代わりにわたしが千坊のつとめぶりを見てきますよ」

元締めの信兵衛が代役をつとめることになった。

これから弟子と蘭書《らんしょ》の輪読《りんどく》をするという春田東明と別れ、時吉は信兵衛とともに紅葉屋へ向かった。

「あっ、師匠と元締めさん」

のれんをくぐると、厨に入っていた千吉が声をあげた。

十五の花板は、いっちょまえに豆絞《まめしぼ》りの手ぬぐいを鉢巻きにしていた。年季《ねんき》の入った料理人の長吉なら似合うが、どうもまだ板についていない。

「まずは『いらっしゃいまし』だろう」

時吉はすかさず言った。

「いらっしゃいまし」

仕切り直しで、千吉が声を発した。

厨にはおかみのお登勢も入り、背筋を伸ばして天麩羅を揚げていた。

「ようこそのお越しで」

客に向かって笑みを浮かべる。

時吉と信兵衛は一枚板の席に腰を下ろした。

小上がりの座敷では、この紅葉屋を隠居所代わりにしている鶴屋《つるや》の与兵衛《よへえ》と、その幼なじみで陶器の絵付け職人の重蔵《じゅうぞう》が将棋《しょうぎ》を指していた。

「下手《へた》の横好きでね」

与兵衛が優雅な足のついた将棋盤を指さす。

「なに、うめえ料理を味わいながらの将棋ほどの贅沢《ぜいたく》はねえや」

重蔵がそう言って、猪口の酒を呑み干した。

「ときに千吉、俳諧のほうのご隠居さんが腰を悪くされてしまってな」

時吉はまず肝心《かんじん》なことを伝えた。

「えっ、ご隠居さんが？」

千吉は驚いて手を止めた。

「今日は杖を突いて長吉屋まで来ていたから、寝たきりってわけじゃないんだがね」

信兵衛が説明した。

「それは大変ですね。療治のほうは？」

鶴屋の隠居がたずねた。

薬種《やくしゅ》問屋は跡取り息子に任せて、隠居所でうまいものを食べ、好きな将棋を竹馬《ちくば》の友と存分に指す。なかなかに結構な人生だ。

「按摩を頼んだようなんですが、いま一つ合わなかったそうで」

時吉が伝えた。

「なら、良庵《りょうあん》さんはどうだい」

重蔵がすぐさま言った。

「いま言おうと思ったんだ」

与兵衛が笑みを浮かべた。

「いい按摩さんなんですか？」

時吉が身を乗り出す。

「わたしは名人だと思うがね。良庵さんに療治をしてもらったら、すーっと腰が軽くなるんだよ」

鶴屋の隠居が身ぶりをまじえて言った。

「そうそう。嘘みてえに楽になるから」

重蔵が腰を軽くたたいた。

「その按摩さんは、近場に住んでるのかい」

信兵衛が問う。

「不忍池《しのばずのいけ》の近くだから、ここからは近いんだがね」

と、与兵衛。

「ご隠居さんの浅草にはだいぶありますね。駕籠を手配すれば療治もできましょうが」

時吉が言った。

「ただ、女房と一緒に家移《やうつ》りをしてあまり経たないんだが、雨漏りがしたり、近くで義太夫《ぎだゆう》をうなるやつがいたり、どうも落ち着かないらしくてね」

与兵衛が明かした。

「いざ越してみねえと、そういった細かいところは分からねえから」

重蔵が言う。

「それなら、わたしが長屋を手配しようかね」

信兵衛が乗り気で言った。

「ご隠居さんの長屋にすれば、ちょうどいいかも」

料理の仕上げをしながら、千吉が言った。

「それだと駕籠はいらないわね」

お登勢が笑顔で言う。

「うちの旅籠の近くでも好都合だね。泊まり客から御用があれば、すぐ出向いて行って療治ができるから。腕達者ならだんだんに客がついて、旅籠のもうけにもなるだろう」

元締めは算盤《そろばん》を弾《はじ》いた。

ここで料理ができた。

「はい、お待ちで」

千吉が差し出したのは、海老の三色煮だった。

背開きにした小ぶりの海老に溶《と》き玉子をからめ、沸騰しただしにさっとくぐらせる。海老の色が鮮やかになり、玉子がふわっと固まったら、穴杓子《あなじゃくし》ですくって器に盛る。ここに塩茹でした枝豆《えだまめ》をちらし、だしをほどよく張れば出来上がりだ。

海老の赤、玉子の黄色、枝豆の緑。

三色が悦《よろこ》ばしく響き合った心弾む煮物だ。

「おいしいね」

与兵衛がまず笑みを浮かべた。

「王に飛車《ひしゃ》角《かく》みてえだな」

重蔵が将棋になぞらえて言う。

紅葉屋の料理は、田楽《でんがく》と蒲焼《かばや》きが顔だ。まずはお登勢が田楽を出す。香ばしく焼けた練《ね》り味噌《みそ》の風味豊かな田楽を味わいながら、話はさらに続いた。時吉は千吉に、黒四組から聞いた「食べれん組」のことを伝えた。

「ふーん、量が多すぎて『食べれん』になったりすることもあるかも」

千吉が小首をかしげた。

「そうかもしれない。とにかく、頭の隅に入れておいてくれ」

時吉が言った。

「承知しました」

花板の顔で、千吉は答えた。

「さて、善は急げだ。按摩さんがつかまるのなら、さっそく長吉屋のご隠居のところへ行ってみたらどうだい」

田楽がなくなったところで、元締めが水を向けた。

「さようですね。では、ご案内しましょう。療治で留守かもしれませんが」

与兵衛がすぐさま言った。

「おいらも仕事に戻らねえといけねえから、この勝負はちと分《ぶ》が悪いので負けで」

重蔵が駒を片づけにかかった。

三間飛車《さんげんびしや》で押さえこみにかかったものの、と金をつくられてなるほど分が悪そうだ。

「なら、うまく按摩さんがつかまったら、さっそくご隠居さんの療治に」

時吉が言った。

かくして、与兵衛と時吉と信兵衛の三人が按摩の良庵のもとを訪ねることになった。

二

「良庵さんはお一人で療治を？」

道々歩きながら、時吉は与兵衛にたずねた。

「いえ、女房のおかねさんがよくできたお人でね。もともと易者《えきしゃ》だった良庵さんが病で目が見えなくなって気落ちしているところを励まし、内職で暮らしを支えながら按摩になる手助けをしてきたんだよ」

与兵衛はそう明かした。

「そりゃあ、いいつれあいを持ったね」

信兵衛が言った。

「何事も気の持ちようですからね」

与兵衛は笑みを浮かべた。

「なるほど、それから精進《しょうじん》して腕のいい按摩になったわけですか」

時吉が感慨深げに言った。

「やると肚《はら》をくってからは、懸命に励んだそうだよ。おかねさんと、嫁に行った娘さんの支えもさることながら、やはり肝心なのは本人の気持ちさ」

隠居になってさほど経たない与兵衛は、きびきびと歩を進めながら言った。

えー、大福餅《だいふくもち》はいらんかねー
大福餅はあったかい……

ちょうど振り売りとすれ違った。

だいぶ歳のいった大福餅売りで、いささか大儀《たいぎ》そうだ。

「仕方なくやらざるをえないつとめもあるだろうけど、やはり好きな道で生きていくのがいちばんだねえ」

振り売りが遠ざかってから、元締めが声を落としてしみじみと言った。

「良庵さんもそんなことを言ってましたよ。療治をして患者さんから礼を言われるのが何よりの喜びだと」

と、与兵衛。

「わたしも、料理をお出しして『おいしかった』と言われるのが何よりの喜びです」

時吉が笑みを浮かべた。

「そういう小さな喜びの積み重ねだね」

元締めがうなずいた。

「そうそう、そんな喜びの積み重ねが人生になって……ま、泣くことだってあるけどね、そんな人生がたくさん集まって江戸の町になるわけだ」

与兵衛は家並みを手で示した。

「人の数だけ人生があるわけですから」

おのれも数奇《すうき》な前半生を送ってきた時吉がしみじみと言った。

三

そうこうしているうちに、良庵の長屋に着いた。

小ぶりの軒行灯《のきあんどん》が出ていた。

あんま　良庵

品《ひん》のいい字でそう記されている。

「駕籠で乗りつけて、療治に来る人もいるんだよ」

与兵衛が時吉に言った。

「それなら、立派なお医者のようなものですね」

と、時吉。

「お、いるようだな」

気配を察して、信兵衛が言った。

ほどなく、黄楊《つげ》の櫛《くし》を挿《さ》した豊かな丸髷《まるまげ》の女が出てきた。女房のおかねだ。

「さようですか。ともかく中へどうぞ」

来意を告げると、おかねは身ぶりをまじえて招《しょう》じ入れた。

良庵は柿色の作務衣《さむえ》をまとい、背筋を伸ばして座っていた。

与兵衛が時吉と信兵衛を紹介し、隠居の季川の療治を頼みたいという旨《むね》を告げると、
良庵はすぐ話を呑みこんだ。

「承知いたしました。では、いかがいたしましょう。わたくしが駕籠で浅草まで出向くか、それとも患者さんにお越しいただくか、どちらがよろしゅうございましょうか」

按摩はていねいな口調でたずねた。

「長吉屋まで行ってもらっても、ご隠居さんはもう帰られてるかもしれないね」

与兵衛が腕組みをした。

「そうですね。やっと動けるようになったばかりですから、無理せず早帰りをされるかも」

時吉が言う。

「なら、わたしと時さんで浅草へ行って、それから駕籠を手配するかね」

信兵衛が段取りを示した。

「ええ。元締めさんはそこまでで、あとはわたしが駕籠について走りますから」

時吉が腕を振るしぐさをした。

「だったら、待っているあいだ、わたしが良庵さんに療治をしてもらうよ」

与兵衛が笑みを浮かべた。

「承知いたしました。存分に揉《も》ませていただきますよ」

良庵も笑顔で言った。

かくして、段取りが整った。

「行ってらっしゃいまし」

おかねに見送られて、時吉は信兵衛とともに長吉屋へ向かった。

四

危うく行き違いになるところだった。

長吉屋の外では、駕籠が待っていた。長吉が隠居のために呼んだ駕籠だ。

「これをいただいたら乗ろうと思ってたんだよ」

ほんのりと赤くなった顔で、隠居が言った。

目に鮮やかな柿釜《かきがま》だ。

形のいい柿を半分に切り、身を大きくくりぬいて釜にする。くりぬいた身は大きめに切り、絹ごし豆腐を裏ごししてよく擂《す》り、味醂や薄口醤油などで味つけした和え衣《あごろも》で和えて盛り付ける。酒の締めにはもってこいの小粋なひと品《しな》だ。

「いい柿ですね」

時吉が言った。

「これくらいなら、お上にも『無駄に華美』とか言わせねえよ」

お咎めを受けたことがある長吉が言った。

「華美なのは柿そのものだから」

元締めが言った。

「柿の実を和えて、中に入れただけだからね。ああ、さっぱりしていてうまい。柿もしゃきしゃきだ」

隠居は変わらぬ笑顔で言った。

ほどなく食べ終えた隠居に時吉が肩を貸し、腰をいたわりながら駕籠に乗せた。

「そのうち、のどか屋や大松屋のほうにもお越しを、と按摩さんに」

ここで見送る信兵衛が告げた。

「そうですね。伝えておきましょう」

時吉が請け合った。

「療治で楽になるといいんだがねえ」

大儀そうに駕籠に乗りこんだ隠居が腰をさすった。

「腕のいい按摩さんだそうですから」

時吉が笑みを浮かべる。

「次はこっちへ来ておれも揉んでくれって」

一緒に見送りに出た長吉が言った。

「わたしもぜひお願いするよ」

信兵衛も笑顔で言う。

「承知しました。伝えておきます」

時吉が小気味よく頭を下げた。

五

「悪いねえ、時さん」

駕籠の横を走る時吉に向かって、隠居が声をかけた。

「なんの。身の鍛《きた》えになりますから」

腿を上げて走りながら、時吉が答えた。

「まあしかし、閉じこもっていないで出てきて良かったよ。これで腰の按配さえ良くなればいいんだがね」

駕籠の中から隠居が言う。

「療治を受ければ、嘘のように治るかもしれませんよ」

時吉が半ば励ますように言った。

「池之端《いけのはた》の良庵って言やあ、えっ、ほっ」

「なかなか名が通ってまさ、えっ、ほっ」

　息を合わせながら、駕籠屋が言う。

「そうかい。なら、楽しみだね」

　揺られながら隠居が言った。

「療治のあいだ、待っていることはできますか？」

　時吉は駕籠屋にたずねた。

「ようがすよ。不忍池の近くにゃ……」

「筋《すじ》のいい蕎麦屋があるんで」

「腹ごしらえをしてまさ」

　駕籠屋が答えた。

「屋台じゃなくて、ちゃんとした蕎麦屋がひいきなんだね」

　隠居が言う。

「へい、わりかた蕎麦食いで」

「稼ぎがいい日にゃ、のれんの出てる蕎麦屋で呑みますな」

　駕籠屋は上機嫌で言った。

「どんな蕎麦が好きだい？」

時吉が足を動かしながら問うた。

「おいらは鴨南蛮《かもなんばん》」

先棒《さきぼう》が言った。

「そりゃ口が肥えてるね」

と、隠居。

「鴨南蛮は高《たけ》えから、おいらは張りこんでも玉子とじで」

後棒《あとぼう》が言った。

「鴨南蛮はおおよそ四十八文、とじ蕎麦なら三十二文くらいか」

時吉が言う。

「その十六文の差はでけえんで」

「しみったれたこたぁ言わずに、いちばんいいものを食うんで」

「いや、その分、酒に回すからよ」

そんな調子で掛け合いながら進んでいくうち、良庵の長屋に着いた。

六

「お待ちしていましたよ。駕籠屋さんの掛け声が聞こえたもので」

与兵衛が出迎えた。

後ろにはおかねもいる。

「悪いねえ、いろいろと」

隠居が言う。

時吉が手を貸し、駕籠からゆっくりと出した。

「なら、あっしらは」

「蕎麦食ってからまた来ますんで」

駕籠屋が言った。

「ああ、ご苦労さま」

時吉が労をねぎらった。

「では、中へどうぞ」

おかねが身ぶりをまじえて言った。

中の療治場は存外《ぞんがい》に広かった。

良庵は正座をして客を待っていた。

「ようこそのお運びで」

気配《けはい》を察して、先に一礼する。

「大橋季川という隠居です。どうかよしなに」

季川があいさつした。

「では、さっそく療治をさせていただきましょう」

良庵は立ち上がった。

目は悪いが、身のこなしには芯《しん》が通っている。

「さ、こちらへ」

おかねが延べられていた布団を手で示した。

時吉と与兵衛が見守るなか、良庵の療治が始まった。

「良庵さんは揉んでいるうちに、人となりまで、おおよそのことが分かったりするそうですよ」

気をやわらげるためか、与兵衛はそんなことを言った。

「そりゃおっかないね。わたしの旧悪が暴《あば》かれるかもしれない」

隠居が戯《ざ》れ言《ごと》めかして言う。

「ご隠居さんは何も悪いことなどされていなかったかと」

時吉がまじめな顔で言った。

「いやいや、俳諧師というものは人にうまいことを言って……おっ、それは効《き》くね、いててててて」

隠居は顔をしかめた。

「痛いのは効いている証《あかし》でございますよ」

おかねが言った。

「ここが我慢のしどころです」

与兵衛が笑みを浮かべた。

「腰と背骨をつなぐところがいささか凝《こ》っておりますね。そのあたりを、こうやって療治していけば……」

良庵は両手に力をこめた。

「治るものかねえ……いててててて」

季川は悲鳴にも似た声をあげた。

「さすがに一度の療治で本復《ほんぷく》というわけにはまいりませんが」

良庵はそう前置きしてから続けた。

「無理をせず、こうして療治を続けていけば、まだまだ長く歩くことはできましょう」

「無理は禁物ですよ」

時吉が言った。

「そうだねえ。毎日のようにのどか屋まで歩いてたんだから、もっと歳を考えて……いててて」

隠居はまた声をあげた。

「駕籠を使うところは使い、療治をしながらも身は動かしていく。そうすれば、まだまだ寿命はおありです」

指を動かしながら、按摩が言った。

「良庵さんは指先で分かるからね」

と、与兵衛。

「恐ろしいねえ……いててて」

隠居はまた声をあげた。

七

「お疲れさまでございました」

おかねが茶を運んできた。

「ありがたいね」

隠居が湯呑みを受け取り、さっそく口に運ぶ。

「いかがでしたか?」

与兵衛が問うた。

「療治を受ける前と後とでは、天と地ほどの差があるね。驚いたよ。……ああ、療治の後のお茶はうまいね」

季川は笑みを浮かべた。

「妙な言い方ですが、茶漬けが恋しくなるお茶でしょう?」

与兵衛が言った。

季川ばかりでなく、客の分も茶が出ている。

「おいしい煎茶ですから、鯛茶漬けが合いそうです」

時吉がうなずいた。

「はは、そりゃうまいことを言うね」

隠居がさっぱりした顔で言ったとき、右隣から義太夫《ぎだゆう》をうなる声が響いてきた。うまいのならまだしも、ずいぶんと調子が外《はず》れている。おかねと良庵が何とも言えない顔つきになった。

「あれと雨漏りには参ってしまいまして」

おかねが声を落とした。

「どこかへまた家移《やうつ》りをと」

良庵も小声で言う。

「それなら、元締めの信兵衛さんがいいところを探してくださるでしょう」

時吉が湯呑みを置いた。

「わたしからも言っておくよ」

与兵衛も和す。

「どうかよしなにお願いいたします」

良庵が頭を下げた。

「できれば、わたしの住まいの隣がいいね」

隠居がそう言ったから、按摩の療治場に笑いが響いた。

第三章　油揚げのどか丼

一

「ご隠居さんの声が響かないと、なんだか寂しくって」

おちよがいくらかあいまいな顔つきで言った。

のどか屋の二幕目だ。

「代わりに、おいらの声で我慢してくんな」

そう言ったのは、岩本町の名物男の寅次《とらじ》だ。

湯屋《ゆや》のあるじで、客引きを名目にしばしばのどか屋へ油を売りに来る。女房は初めのうち角《つの》を出していたようだが、変なところへ行かれるよりはと、最近はあまり文句を言わなくなったらしい。

「そりゃ、ご隠居の代わりは無理でさ」

野菜の棒手振《ぼてふ》りの富八《とみはち》が言った。

岩本町の御神酒徳利《おみきどっくり》と言われるほどいつも一緒だ。富八はのどか屋へ筋のいい野菜を運んでくれている。

「いい按摩さんが見つかったので、だんだんに良くなられるでしょう」

厨で手を動かしながら、時吉が言った。

「どちらの按摩さんです？」

萬屋《よろずや》のあるじの卯之吉《うのきち》が訊いた。

同じ岩本町の質屋のあるじで、実直なあきないぶりは亡くなった父ゆずりだ。ときたまだが、二人に誘われてのれんをくぐってくれるようになった。

「不忍池の近くの良庵という按摩さんで」

時吉は答えた。

「いささか遠いですね」

と、卯之吉。

「ええ。ただ、元締めさんが家移り先を探しているところで」

時吉が伝えた。

「ご隠居の近場なら好都合だな」

寅次が言う。

「旅籠のお客さんに療治ができるような近場を、と元締めさんは言っていました。

……はい、上がったよ」

時吉はおちよに言った。

ほどなくおちよが座敷に運んでいったのは、のどか丼と名づけた料理だった。

「おっ、ここんとこ中食ではやりの料理だな。うわさを聞いたぜ」

寅次が身を乗り出す。

「油揚げに、おいらが運んだ葱《ねぎ》が入ってるやつだ」

富八が笑みを浮かべた。

「のどかの毛色に合わせたのどか丼でございます」

おちよが丼を置いた。

二代目のどかが、ちょうど土間で伸びをした。その毛色と油揚げの色がいい按配に響き合っている。

食べやすい幅に切った油揚げを、だしと醬油と味醂で煮る。頃合いを見てそぎ切りにした葱を加え、さらに溶き玉子を流しこむ。

三十数えてから火から外し、蓋《ふた》をして蒸らしてやると、ほかほかののどか丼ができあがる。京《きょう》のほうでは衣笠《きぬがさ》丼、あるいはきつね丼や信太《しのだ》丼とも呼ばれている、簡便にしてうまい料理だ。

「おう、玉子がちょうどいい具合だな」

湯屋のあるじが笑みを浮かべた。

「油揚げによく味がしみています」

卯之吉が折り目正しく言った。

「葱がうめえ」

野菜の棒手振りがそこをほめるのはお約束だ。

「あんみつの旦那が見えたときのために、甘煮にする油揚げは多めに仕入れてるんですけど、どうしても余ってしまうもんですから」

おちよが言った。

「炊き込みご飯でもいい脇役になってくれるんですが、ちょっと目先を変えてみました」

時吉が笑みを浮かべた。

「こりゃ、膳の顔になるよ」

「いくらでも胃の腑《ふ》に入りやがる」

岩本町の御神酒徳利がそう言ったとき、表で人の気配がした。

のれんを分けて入ってきたのは、元締めの信兵衛と巴屋のあるじの松三郎《まつさぶろう》、それに、手伝いの娘のおようだった。

二

「いいところが見つかったよ」

一枚板の席に座るなり、信兵衛が言った。

「良庵さんの療治場ですか」

時吉が問う。

「そう。巴屋さんのすぐ裏でね」

信兵衛は隣を手で示した。

「うちのお客さんの療治もしていただければありがたいです。ちょうど近くに駕籠屋もありますし」

松三郎は乗り気で言った。

「だったら、のどか屋まで出張ってもらえばどうだい」

寅次が水を向けた。

「ああ、それはいいかもしれませんね」

おちよがすぐさま言った。

「泊まりのお客さんの療治をするんですね？」

おようが訊いた。

川向こうの本所から手伝いに通ってくれている。その髷には、藤色の蝶々のつまみかんざしが飾られていた。

蕎麦屋のあるじだった父が若くして亡くなったあと、母のおせいがつまみかんざしの親方に見初《みそ》められて後妻になった。本所には儀助《ぎすけ》という弟もいる。母と義父からつくり方を教わったおようは、旅籠の手伝いのほかにつまみかんざしづくりも手伝っていた。

「そう。うちで荷を下ろしたら、お湯につかってもらって、帰ってきたら按摩さんの療治、そして朝は名物の豆腐飯」

おちよはどこか唄うように言った。

「いいねえ」

信兵衛が満足げな笑みを浮かべたとき、次の肴が出た。

秋刀魚の山椒煮《さんしょに》だ。

秋刀魚を酒と醬油で煮てから、つくり置きしておいた実山椒《みざんしょう》の醬油煮を加え、落とし蓋をしてこっくりと煮る。さらに、煮汁をかけながらじっくりと煮詰めてやれば、こたえられない酒の肴の出来上がりだ。

「こりゃあ、飯が恋しいね」

元締めが笑みを浮かべた。

「おいらたちゃ、のどか丼を食ったばかりだが、また茶漬けでも食いたくなるな」

寅次が言った。

「腹が出ますぜ」

富八がすさかず言う。

「わたしにはおくれでないか」

元締めが手を挙げた。

秋刀魚の山椒煮と針生姜《はりしょうが》をたっぷりのせ、熱い煎茶をかけた茶漬けはまさに口福《こうふく》の味だ。

「承知しました」

時吉が打てば響くように答えたとき、おけいが客をつれて帰ってきた。

「おようちゃん、お願い」

手伝いに来た娘においけいが声をかける。

「はあい、ただいま」

おようがきびきびと動きだした。

みなが振り返るような小町娘ではないものの、目がくりくりとしていてかわいらしい。なにより明るいのがいい。

「では、ご案内いたします」

おけいが身ぶりをまじえて言った。

「どうぞごゆっくり」

おちよも和す。

「あとで江戸一の湯屋へご案内いたしますよ」

あきないで江戸へ来たとおぼしい二人連れに、寅次が声をかけた。

「そりゃ大きく出たね」

一枚板の席から元締めが言ったから、のどか屋に笑いがわいた。

三

「華美な料理はお上《かみ》に目をつけられるかもしれないが、食材そのものが華やかな色をしていても咎められることはない。さすがにそんな文句を言ったら、野暮《やぼ》の極《きわ》みだと指をさされるだろう」

時吉が講釈した。

午の日の長吉屋だ。

若い料理人を集め、ひとしきり指南が続いている。

台の上に置かれているのは、黄色い柚子《ゆず》だった。

江戸ではまださほど使われていないが、長吉屋では瀧野入村《たきのいりむら》（現在の埼玉県毛呂山《もろやま》町）の柚子を折にふれて仕入れている。少し削ってうどんや蕎麦に入れるだけでも風味が増すありがたい食材だ。

しぼり汁と酢をまぜると鍋料理のつけ汁になるし、中をくり抜いて柚子釜にしても見た目が華やかで心が弾む。

「よし、では、牡蠣《かき》の柚子釜づくりだ。手分けしてやるぞ」

時吉が気の入《はい》った声を発した。

「へい」

「承知で」

若い料理人が返事をする。

そのなかには、千吉の兄弟子の信吉や弟弟子の寅吉、それにいちばん年若の丈吉の顔もあった。

牡蠣の殻を割って身を取り出し、塩と水で揉み洗いをして汚れを取る。だしに薄口醬油と味醂と塩を加えたもので、牡蠣とほうれん草をほど良く茹でる。

茹であがったら汁気を切り、柚子釜に入れて百合根を添える。

これを蒸す。柚子のいい香りが漂ってきたら頃合いだ。

「玉味噌《たまみそ》はどうだ？」

時吉が問うた。

「へい、できました」

信吉が答えた。

味噌に卵黄と酒と味醂と砂糖をよく練りこんだ玉味噌だ。田楽などにつけても存分にうまい。

「よし。では、玉味噌に削った柚子の皮を加えよう。そうすれば、さらに風味が増す」

時吉は手本を見せた。

おろし金で柚子の皮を擂り、一つところに寄せる。

「これをだしでのばすと、玉味噌にまじりやすくなる。ちょっとしたひと手間で、よりまろやかな味になるわけだ」

時吉の教えに、いちばん年若の丈吉がうなずいた。

千吉が花板をつとめる紅葉屋のお登勢の一人息子だ。いずれ紅葉屋に戻れば、千吉はのどか屋を継ぐ。時吉は長吉屋を継ぎ、長吉は楽隠居をする。ざっとそのような絵図面ができていた。

「この柚子玉味噌を、蒸しあがった牡蠣のうえにたっぷりかけ、柚子の蓋をすれば出来上がりだ」

時吉は笑みを浮かべた。

「上も下も柚子だべ」

房州から来た信吉が言った。

「うまそうだ」

「蓋を取れば、ふわっといい香りが漂うぞ」

「柚子の香りがする、ぷりぷりの牡蠣。こりゃたまらないですね」

弟子たちが口々に言った。

「いずれ見世を持ったら、柚子を仕入れて出してやれ」

時吉は言った。

「へい」

「承知で」

弾む声がそろった。

四

指南を終えて戻ってみると、隠居の季川が来ていた。隣には元締めの信兵衛もいる。

「ここまでなら、杖を頼りにゆっくり来られるんだがね」

隠居が言った。

「さようですか。按摩の良庵さんが巴屋さんの近くに家移りすることに決まったようですが」

時吉が言った。

「ああ、信兵衛さんから聞いたよ。巴屋のあたりからのどか屋までなら歩けるから、良庵さんの療治場へ駕籠で行って、のどか屋でおいしい酒と肴をいただいて泊まって駕籠で帰るのが上策かなと」

季川はそんな筋書きを示した。

「そりゃいいですね」

今日は厨に入っている長吉がすぐさま言った。

「お待ちしておりますので」

時吉が笑みを浮かべた。

「おちよさんにも千坊にも、もう久しく会ってないような気がするよ」

と、隠居。

「そこまでご無沙汰じゃないでしょう」

信兵衛が言った。

「何せ、毎日のように通っていたからねえ。……お、うまそうなのが来たね」

隠居はいくらか身を乗り出した。

「牡蠣のおかき揚げでございます。塩でお召し上がりくださいまし」

長吉が皿を下から出した。

料理の皿は、「どうぞお召し上がりください」と下から出さねばならない。ゆめゆめ、「この味が分かるか。食ってみろ」とばかりに上から出してはならない。それは長吉のいちばんの教えで、あまたの弟子たちに受け継がれていた。

「『かき』が韻《いん》を踏んでるんだね」

もと俳諧師の隠居が言う。

「柿もあれば三『かき』だ」

元締めが戯れ言を飛ばした。

「柿と牡蠣のかき揚げってのも試してみたことはあるんですが、ありゃあどうも合いませんな」

古参《こさん》の料理人は苦笑いを浮かべた。

「うん、さくさくしていてうまいね」

隠居が笑顔で言った。

「これはどちらのおかきで？」

時吉がたずねた。

「伊賀屋《いがや》のしくじりの割れおかきを安く仕入れてきた。しくじりでも、砕いて細かくして揚げ衣にまぜれば生き返るからな」

長吉の目尻にいくつも笑いじわが寄った。

「まだ余りはありますか？　千吉に持たせようかと」

時吉は問うた。

「少しならあるぜ。まだしけったりはしねえだろう」

長吉は答えた。

「なら、千坊への土産だね」

隠居の白い眉がやんわりと下がった。

五

同じころ——。

のどか屋の厨では、千吉がしきりに手を動かしていた。

二幕目だから酒の肴かと思いきや、さにあらず、千吉がつくっているのは餡巻《あんま》きだった。

猫屋の趣《おもむき》もあるのどか屋には、酒肴《しゅこう》ばかりでなく、甘味を求めて来る客もだんだった。

ん に増えてきた。

　ことに、千吉が厨に入っている午の日はそうだ。寺子屋で文机《ふづくえ》を並べた朋輩《ほうばい》や、その知り合いなどにうわさが広がり、得意の餡巻きを目当てにのれんをくぐってくる客が増えてきた。

　しかし、今日はいささか様子が違った。

「わあ、かわいい」

「大きいね、この子」

　小太郎を鈴のついたひもでじゃらしているのは、初顔の娘たちだった。

「もうちょっとしたら帰ってくると思うから」

　おちよが笑顔で言った。

「餡巻き、いま上がります」

　千吉がいい声を響かせる。

「お茶のお代わりはどう？」

　おちよがたずねた。

「じゃあ、いただきます」

「早く帰ってこないかな、おようちゃん」

片方の娘が言った。

どちらもおようの幼なじみで、本所に住んでいる。今日は橋向こうからわざわざ来てくれた。

「はい、お待たせしました。名物の餡巻きと……」

「ただのお茶でございます」

千吉とおちよが皿と湯呑みを置いた。

「わあ、おいしそう」

「さっそくいただきます」

娘たちは瞳を輝かせた。

猫じゃらしが止まってしまったから、小太郎はいささか不満そうだ。しょうと二代目のどかとふくも寄ってきた。ゆきだけが表の酒樽の上で寝ている。

「そうそう、日和屋《ひよりや》さんがこのところ毎日のように通ってきてくれるんだ」

千吉がおちよに告げた。

「同じ町内だものね」

と、おちよ。

前に縁があり、子猫を里子に出した猫縁者でもある猫屋の日和屋は、千吉が花板をつとめる紅葉屋と同じ上野黒門町にある。

あるじの子之助《ねのすけ》とおかみのおこん、どちらも身内のようなものだ。

「そう。このあいだ行ってみたら、ちさちゃんはうちのゆきちゃんくらいの大きさになってた」

千吉は身ぶりをまじえて伝えた。

ちさは日和屋へ里子に出した猫だ。亡くした娘のおちさにちなむ名だった。

「猫が大きくなるのはあっという間だから。また行ってみたいわねえ、日和屋さん」

おちよが少し遠い目になったとき、表で人の話し声がした。

「あっ、おようちゃんの声」

「帰ってきた」

本所の娘たちの顔がぱっと晴れた。

六

「千吉さんの餡巻き、おいしいでしょ」

おようが笑顔で言った。

千吉とは同い年だから、今年で十五だ。今日は赤い椿《つばき》のつまみかんざしを挿《さ》している。目がくりくりしているから、いくらか派手なかんざしでもよく似合う。

おけいとともに案内してきた客を部屋に案内し、お茶を運んでから戻ってきたところだ。

のどか屋の旅籠には部屋が六つある。日が暮れてから宿を求める客もいるため、すべてを埋めねばならないことはないが、早めに客を入れておくに若《し》くはない。

そこで、近くの両国橋の西詰へ出向き、客の呼び込みをするのが常だった。芝居小屋や茶見世なども立ち並ぶ江戸でも繁華な場所だから、人通りは多い。

かつては千吉も半 裃《はんがみしも》を着けて呼び込みに出ていたのだが、厨と掛け持ちはできない。今日は古顔のおけいといちばん新しいおようが呼び込みに出て、江戸見物の二人づれを首尾よく案内してきた。およう は元締めの旅籠を掛け持ちしているが、時吉が長吉屋の指南役をつとめる午の日は必ずのどか屋に来る。

「うん、おいしかった」

「甘くてほかほかで」

二人の娘が笑顔で答えた。

背の高いほうがおちか、小柄なほうがおみよ。どちらもおようとは幼なじみらしい。

「またいつでも来てくださいね」

おちよが言った。

「餡巻きはいつでもつくれるから」

千吉も白い歯を見せる。

「ただし、千吉さんがいる午の日だけね」

おようが言った。

「餡の仕込みがあるから、いつでもってわけにはいかないけど」

と、千吉。

「うん、分かった」

「また猫たちにも会いたいから」

本所の娘たちはすっかり気に入った様子だった。

「じゃあ、おようちゃんはこれで上がりで」

おちよが軽く身ぶりをまじえて言った。

「はあい」

おようがいい返事をする。

「なら、本所まで一緒に帰りましょ」

おちかが言った。

「おちかちゃんの例の話も詳しく聞きたいし」

おみよが言う。

「例の話って？」

おけいが訊いた。

「お嫁入りが決まったんですよ、おちかちゃん」

おようが手で朋輩を示した。

「まあ、それはおめでたいことで」

おちよのほおにえくぼが浮かぶ。

「おめでたく存じます」

千吉も厨から声をかけた。

このあたりの如才《じょさい》なさは、紅葉屋の花板になってからだんだんと磨きがかかってきた。うち見たところ、顔にはまだ幼さは残るものの、所作《しょさ》は押しも押されもせぬのどか屋の二代目だ。

「祝言《しゅうげん》は本所で？」

おちよがたずねた。

「ええ。身内だけで」

おちかが答える。

「お相手は火消しさんなんですよ」

おみよが明かした。

「へえ、うちにも火消しの常連さんがいるんですよ」

と、おちよ。

「よ組の火消しさんはむかしからのご常連で」

おけいが和した。

「そうですか。それも何かのご縁ですね」

おちかは幸せそうな笑みを浮かべた。

「じゃあ、千吉さん、また」

おようが軽く右手を挙げた。

「はい、お疲れさまでした」

千吉が笑顔で送り出す。

「また遊ぼうね、猫さんたち」

座敷で猫相撲を始めた小太郎としょうに向かって、おみよが言った。

少し離れたところでは、いちばん年若のふくが「お兄ちゃんたち、何やってるんだろう」という顔で見ている。

「元気でね」

酒樽の上で寝ていたゆきの頭を、おちかがなでる。

今日も江戸はねこ日和《びより》だ。

「では、気をつけて」

おちよが声をかける。

「はあい」

おようが真っ先に返事をした。

日の光を受けて、つまみかんざしの赤い椿がひときわ鮮やかになった。

第四章　鰻《うなぎ》のにぎやか寿司

一

「さようですか。無事、家移りが済みましたか」

　時吉が厨から言った。

「良庵さんもおかねさんもたいそう喜んでいたよ。家移り先は調子の外れた義太夫が聞こえてこないから」

　一枚板の席に陣取った信兵衛が言った。

「そんなのべつまくなしに義太夫を？」

　おちよが目をまるくする。

「始終《しじゅう》うなってたら、ちっとは上手《うま》くなりそうなもんだがね」

元締めは苦笑《にがわら》いを浮かべた。

「おれらの甚句《じんく》だって、だんだんに上手くなるもんだがよ」

座敷に陣取ったよ組のかしらの竹一《たけいち》が言った。

縄張りは違うが、むかしのよしみでのどか屋をひいきにしてくれている。今日は火消し衆の一人の祝いごとだ。

「千坊だって、いまじゃひとかどの花板だから」

纏《まとい》持ちの梅次《うめじ》が言った。

「でもよ、こんな料理はまだ荷が重いかもしれねえな」

かしらがそう言って口に運んだのは、鯛の浜焼《はまや》きだった。

「ほんに、絶品《ぜっぴん》で」

纏持ちがうなる。

「子をつくってみるもんでさ」

祝いごとの主役が言った。

初めての子ができた祝いに、時吉はおめでたい鯛の浜焼きを供した。

鯛のわたを抜いて昆布を詰め、周りをたっぷりの塩で塗り固める。これをじっくり蒸せば、塩と昆布のうま味が鯛の身にしみて、えもいわれぬうまさになる。

「なら、食わせてやるから毎年つくりな」

竹一が戯れ言めかして言った。

「そりゃ、飯代に事欠いて夜逃げする羽目《はめ》になりまさ」

主役があわてて手を振ったから、のどか屋の座敷に笑いがわいた。

「頭と骨はあとでお吸い物にしますので」

おちよが言った。

「味がしみてるからな」

かしらが笑みを浮かべる。

「道理で猫らが狙ってると思ったぜ」

「浜焼きじゃなくても狙いやがるがな」

「こら、あっち行け」

火消し衆の一人に追い払われた小太郎が土間で身をなめだした。

一枚板の席には鯛の刺身が出た。

「浜焼きもいいが、これもいいね」

元締めが満足げに言う。

「言ってみれば、裏じゃなくて本通りの味ですから」

時吉が笑みを浮かべた。

「なるほど。うまいことを言うね」

信兵衛がうなずいたとき、また新たな客が入ってきた。

「お、信の字がそろったよ」

元締めが軽く右手を挙げた。

のれんを分けて入ってきたのは、力屋《ちからや》のあるじの信五郎《しんごろう》だった。

二

馬喰町《ばくろちょう》の力屋は、その名が示すとおり、食せば力が出る料理が看板の見世だ。

駕籠かきや荷車引《にぐるまひ》きや飛脚《ひきゃく》など、身を動かすなりわいの客がもっぱらだから、飯の盛りが良く、味つけはよそよりいくらか濃いめだ。汗をかいた分を補うには塩気のある料理がいい。

芋《いも》の煮っ転がしなどは多めにつくって膳に添える。青菜《あおな》のお浸《ひた》しの小鉢など、身の養いになるものもついて値《あたい》も安いから、いつも繁盛していた。

「おっ、兄ちゃんよりちょっとでかいな」

物おじせずに寄ってきたふくに向かって、信五郎が言った。

力屋も猫縁者の一人だ。かつて、やまとと名乗っていたのどか屋の猫が力屋の入《い》り婿になった。その猫が天寿を全うしたあと、ゆきが産んだ子の一匹をまた里子に出した。これも縁だからと、名はやまとになった。

「いま按摩さんの話をしていたんですよ」

おちよが言った。

「巴屋の裏手に越したんで、ご隠居の療治にもいいだろうと」

信兵衛が腰を軽くたたく。

「あのあたりには飛脚問屋もありますね。うちの上得意《じょうとくい》ですが」

力屋のあるじが言った。

「そうかい。『あんま　良庵』と分かりやすい立て札も出てるんで。腕のいい按摩さんだから」

元締めがすぐさま言う。

「なら、お客さんに言っときましょう。近くに腕のいい按摩がいたら、体を使う飛脚衆は大喜びで」

信五郎が笑みを浮かべた。

縁の糸がうまい具合に結ばれたとき、時吉が肴を出した。

鮑《あわび》の山椒焼きだ。

厚めのそぎ切りにした鮑を網で焼き、刷毛《はけ》で醬油を塗る。それを二度三度と繰り返し、粉山椒を振れば、こたえられない酒の肴になる。

「こりゃあ、うちでは出せない料理だねえ」

信五郎がうなった。

「為助《ためすけ》は気張ってやっていますか?」

時吉がたずねた。

京から来てのどか屋で修業をしていた為助は、縁あって力屋の看板娘のおしのと結ばれ、若あるじになった。子もできて、力屋はにぎやかだ。

「また次の子ができるので、ことのほか張り切ってやってますよ」

信五郎が笑顔で答えた。

「それはそれは、おめでたいことで」

「おめでたく存じます」

信兵衛と時吉の声がそろった。

「そっちも子ができるのかい」

座敷から竹一が言った。

「娘の子だから、孫ですがね」

信五郎が答えた。

「そりゃそうだ。あるじの子だったらびっくりだ」

火消しのかしらがそう言ったから、のどか屋に和気が満ちた。

三

ややあって、火消し衆の調子のいい甚句が響き、みな機嫌よく引き上げていった。

「さて、わたしも孫の顔を見に」

力屋のあるじも腰を浮かせた。

信五郎と入れ替わるように、昨日から逗留《とうりゅう》している客が帰ってきた。

流山《ながれやま》の味醂づくりの主従だ。

秋元《あきもと》家の当主の弟の吉右衛門《きちえもん》と番頭の幸次郎《こうじろう》、大事な江戸でのあきないにはこの二人が来て、必ずのどか屋に逗留する。

「お疲れさまでございました」

おちよが労をねぎらった。

「ご隠居の駕籠が来ますよ」

「さっきそこで出会ったので」

流山の二人が伝えた。

「まあ、うちにお泊まりかしら」

おちよが急にそわそわしはじめた。

「ちょうど二階の部屋が空いているので」

おけいが言う。

ほどなく、駕籠屋の声が響き、二挺《ちょう》の駕籠が泊まった。

みなが出迎える。

「師匠、お手を」

おちよが手をさしのべた。

「ああ、すまないね」

俳諧の女弟子の手を借りて駕籠から出ると、季川はふっと一つ息をついた。

按摩の良庵には信兵衛が手を貸した。

「こちらが江戸一の按摩の良庵さんですよ、おちよさん」

隠居が笑みを浮かべた。

「いえいえ、まだまだ腕が甘いので」

良庵は謙遜《けんそん》した。

帰りも駕籠を使えるため、女房のおかねは留守番のようだ。

「江戸一の按摩さんなら、ぜひ手前どもも療治を」

「今日は江戸じゅうのお得意先をかけずり回ったもので、いささか足腰が疲れておりまして」

味醂づくりの主従が乗り気で言った。

「では、ご隠居のあとに療治をさせていただきます」

良庵は指を動かすしぐさをした。

「ちょうど二階の部屋が空いていますので」

おちよが言った。

「そりゃ好都合だね。でも、まずはおいしいものを食べてからだ」

隠居はそう言ってのれんをくぐり、いつもの一枚板の席に座った。

「懐かしいねえ。夢に出てきたよ」

季川は感慨深げに言った。

その隣に元締め、さらに良庵。流山の二人は小上がりの座敷に座った。

時吉がまず腕を振るったのは、寒鰤《かんぶり》の味噌照り焼きだった。

脂《あぶら》がのった寒鰤は、醬油を使った照り焼きが美味だが、味噌を使ってもうまい。

鰤の身に小麦粉をはたき、酒を振ってから蒸し焼きにする。こうすればうま味がぎゅっと閉じこめられる。

たれは味噌を味醂と水でのばしてつくる。おろし生姜を少々まぜるのが勘どころだ。

これで味がぴりっと締まる。

「うまいねえ」

隠居が感に堪えたように言った。

「これは……おいしゅうございますね」

良庵も驚いたように言った。

目は見えないが、堂に入った箸さばきだ。

「のどか屋の味がいちばんだよ」

隠居がしみじみと言った。

「手前どもの味醂がいつとめをさせていただいています」

吉右衛門が笑みを浮かべた。

「ほんに、味噌にぴったりで」

幸次郎もうなる。

　夢に見し老舗の席に寒鰤や

季川がいきなり発句《ほっく》を口にした。

「老舗というほどでは」

時吉があわてて手を振る。

「いや、のどか屋はもう老舗の貫禄《かんろく》だよ」

元締めが言った。

「さあ、付けておくれ、おちよさん」

いつもの温顔《おんがん》で、季川が言った。

「久々ですね。どうしましょう」

おちよはしばらく思案していたが、やがて思い切ったように付け句を発した。

　次は鰈《かれい》かはたまた鯔《ぼら》か

冬の美味は寒鰤ばかりではない。寒鰈や寒鰡もある。

「決まったね」

隠居は清々《すがすが》しい笑みを浮かべた。

四

翌日は午の日に当たっていた。

「おはようございます」

千吉が元気のいいあいさつをした。

今日は紅葉屋が休みで、時吉は朝の膳が終われば長吉屋へ指南に出かける。あとは千吉の腕の見せどころだ。

そうすると千吉には休みがないが、紅葉屋は中食の膳がないからわりかたのんびりしている。たまには猫屋の日和屋で甘味を食べて息抜きをしているらしい。

「おはよう。ご隠居さんがお泊まりよ」

おちよが伝えた。

「えっ、ご隠居さんが？」

千吉の顔が輝いた。

「昨日、按摩さんの療治を受けたらずいぶん楽になったそうで」

と、おちよ。

「そう。それは良かった」

千吉は笑みを浮かべた。

「良庵さんの療治はお泊まりのお客さんにも大好評だった」

時吉が言う。

「わたしもいずれ揉んでもらおうと思って」

おちよは乗り気で言った。

ややあって、隠居が目を覚まして朝の膳を食べに来た。きびすを接して流山の二人も姿を現した。

「久しぶりだね、千坊」

季川の白い眉がやんわりと下がった。

「いかがですか、腰は」

千吉はまずそこを気遣《きづか》った。

「昨日の療治のおかげで、だいぶ楽になったよ」

隠居は笑みを浮かべた。

「手前も同じで」

「やはり名人はいるものですね」

流山の味醂づくりが言う。

ここで朝の膳が出た。

名物の豆腐飯に味噌汁とお浸しの小鉢がついた、のどか屋自慢の朝餉《あさげ》だ。まずは匙《さじ》で豆腐だけをすくって食べる。しかるのちに、飯とまぜてわしわしと食す。

甘辛いだしで豆腐をじっくりと煮て、ほかほかの飯にのせて供する。まずは匙で豆
刻み葱に海苔《のり》に胡麻《ごま》、それに粉山椒に一味唐辛子《いちみとうがらし》。薬味も豊富だ。それをまぜるたびに味わいが変わる。まるで七変化《しちへんげ》のようだと評する客もいたほどだ。

「久々に食べるとうまいねえ」

隠居がうなった。

「毎日食べてもうまいです」

一昨日から逗留している流山の客が言った。

「生き返ったような心地がするよ」

隠居はそう言うと、味噌汁を啜った。

油揚げと人参の味噌汁だ。

これに粉山椒を少し振ると、ことのほか味が深くなる。

「これもうまい」

季川がうなる。

「またお泊まりくださいましな」

おちよが情のこもった声で言った。

「お待ちしております」

二代目の顔で、千吉が和す。

「そうするよ。療治がてらね」

隠居は薄紙が一枚剝がれたような顔で答えた。

五

「お気をつけて」

駕籠に乗りこんだ隠居に、時吉が声をかけた。

おのれはこれから長吉屋へ指南に行く。

「ああ、また来るよ」

駕籠の中から、隠居が手を挙げた。

「なら、頼むぞ。中食は面倒そうだから助けてやってくれ」

時吉はおちよに言った。

「ほんと。蒲焼きだけでいいのに」

おちよはいくらか不服そうな顔つきだ。

「焼き置きしないと間に合わないからな」

時吉もややあいまいな表情で言った。

「とにかく、やってみるから」

おちよが腹をくくったように言った。

「ああ、頼む」

時吉は軽く右手を挙げてのどか屋を後にした。

ほどなく、おけいとおようが来た。

中食はおちよも厨に入るから、二人が運び役だ。

千吉は蒲焼きづくりに余念がなかった。

鰻がそれなりに入ったものの、膳の顔として出すにはいささか小ぶりだった。

そこで、千吉が一計《いっけい》を案じた。

主役としては物足りなくても、脇役としてなら使える。蒲焼きを切って、ちらし寿司の具にするのだ。

蒲焼きは紅葉屋の名物でもあるからつくり慣れている。毎日注《つ》ぎ足すたれをつくっているとき、ふと思いついた料理だった。

「なら、酢飯《すめし》はわたしが」

おちよが二の腕をたたいた。

「何かお手伝いすることはありますか？」

おようが千吉に訊いた。

「そうだな……胡麻を炒《い》ったり、炒り玉子をつくったり、いろいろあるけど」

蒲焼きの手を動かしながら、千吉が言った。

「手伝ってもらわなきゃ間に合わないわよ」

おちよが言った。

「なら、炒り玉子をお願いできるかな」

千吉は笑みを浮かべた。

「はいっ」

およう は気持ちのいい返事をした。

いくらか経って、酢飯ができあがった。

「うーん、どうかしら……味見して、千吉」

おちよはいま一つ自信なさそうに言った。

料理人の娘だから、ひととおりのことはできる。包丁の細工などでは時吉よりうまいくらいだ。

ただし、泣きどころは味つけだった。

おめえの味つけは大ざっぱでいけねえ、とは父の長吉の評だ。

「はい、ただいま」

急いで蒲焼きを一つ仕上げると、千吉は酢飯の味見をした。

「……ちょっと酢が足りない。味が薄いよ」

千吉はそう言うなり、さっそく手を動かしだした。

しゃっしゃっ、と杓文字《しゃもじ》で飯を切る。まぜてはいけない。飯に粘り気が出てしまう。切るのが骨法《こつぽう》だ。

やがて酢飯ができた。

「あ、ほんとだ、おいしい」

味見をしたおちよが言った。

「貼り紙、出しますね」

おけいが声をかけた。

「ああ、お願い」

おちよが答えた。

のどか屋の前に、こんな貼り紙が出た。

けふの中食
うなぎのにぎやか寿司
　みそ汁　小ばち付き
三十食かぎり　四十文

六

「鰻のにぎやか寿司だってよ」

前を通りかかった大工衆の一人が貼り紙を指さした。

「なんでえ、にぎやか寿司って。太巻きか？」

「鰻がこうやって踊ってるんだ」

一人が妙な手つきをした。

「んなわきゃねえだろ」

「ま、入《へえ》ってみようぜ」

「のどか屋なら間違いはねえだろうからよ」

大工衆はわいわい言いながらのれんをくぐってくれた。

初めはにぎやかちらしにするつもりだったのだが、にぎりか巻きものかちらしか分からないほうがよかろうということでこの名にした。

これは図に当たった。

「おっ、ちらしなのかい」

「蒲焼きが具になってるんだな」

「こりゃ乙《おつ》な味だ」

客の評判は上々だった。

細かく切った蒲焼きに、炒り玉子と炒り胡麻と焼き海苔、それに、小口切《こぐちぎ》りにしてから塩でしんなりさせた胡瓜《きゅうり》。見た目が彩り豊かで、食せばさまざまな味が響き合う。まさに、にぎやか寿司だ。

「はい、にぎやか寿司のお膳、お待たせしました」

　おようが元気よく運ぶ。

「おっ、今日は蝶々かい」

　常連の職人が声をかけた。

　おようのつまみかんざしは山吹《やまぶき》色の蝶々だ。

「似合ってるぜ、若おかみ」

　そのつれが戯れ言を飛ばす。

　若おかみと呼ばれて、おようもまんざらではなさそうな顔つきだった。

　そんな按配で、中食の膳も滞りなく終わろうとしたとき、思わぬしくじりが起きた。

「きゃっ」

　おようが短い悲鳴をあげて転んでしまったのだ。

　ふくが足もとをちょろちょろしたせいで、踏むまいとしてつまずき、膳を土間にぶちまけてしまった。

「駄目じゃないの、ふくちゃん」

おちよに叱られた猫が逃げ出す。

「すみません、失礼しました」

おようがあわてて片づけに入った。

「おいらの分だぜ。まだあるだろうな」

待っていた客が色をなした。

「はい、おつくりしますので」

厨から千吉が言った。

こういうこともあろうかと、中食は三十食よりいくらか多めに仕込んである。余った分は賄《まかな》いにするか、二幕目に回せばいい。

「ごめんなさい、千吉さん」

ぐちゃぐちゃになってしまった膳を戻すときに、おようがわびた。

「おようちゃんのせいじゃないよ。気にしないで」

千吉が白い歯を見せた。

「うん」

おようもやっと気を取り直した顔つきになった。

「毎度ありがたく存じました」

おちよの声が響く。

「ありがたく存じました」

若おかみと呼ばれたおようも、すぐさまいい声を響かせた。

第五章　金時人参《きんときにんじん》かき揚げ

一

良庵が家移りしてから、療治をする場所が格段に増えた。

大松屋とのどか屋はすぐ近くだから、杖をついて歩ける。療治場は巴屋のすぐ裏手ゆえ、声がかかれば間を置かずに療治だ。

いちばん遠い浅草の善屋《ぜんや》へは駕籠で行くしかないが、この界隈には良庵の療治を待ち焦がれている上得意がいくたりもいるから、半日かけておかねとともに回ることにした。

その常連のなかには、隠居の季川と長吉屋のあるじも含まれていた。

善屋へあいさつに行った帰り、おかねとともに長吉屋に立ち寄ったところ、小部屋が空いていたので長吉が療治を所望《しょもう》した。座布団も置いてあるから、腰の下に入れたりすると按配がいい。

「小部屋がいっぺんにみな埋まることはねえから、良庵さんが来たときは一つだけ療治部屋にしちまおう」

ひとわたり揉んでもらったあと、長吉が笑みを浮かべて言った。

「お客様がご所望でしたら、いくらでもやらせていただきますよ」

良庵が顔をほころばせる。

「おいしいものをいただいて、療治もさせていただけるのなら、ほんとに願ったり叶ったりです」

おかねはそう言って、南瓜《かぼちゃ》の素揚《すあ》げを口に運んだ。

凝った肴も出すが、長吉屋では素材を活かした簡明《かんめい》な料理も出る。南瓜の甘みを際立たせる素揚げはその最《さい》たるものだ。仕上げにはらりと塩を振れば、南瓜の甘みがなおのこと生きる。

「さくっとしておいしいですね」

良庵も笑みを浮かべた。

客に按摩の御用をたずねてみたところ、大井川《おおいがわ》の間《ま》で呑んでいた二人の武家から声がかかった。

道場主と師範代で、いずれもかなりの遣《つか》い手《て》のようだ。厳しい稽古をしたあとで足腰が張っているから療治をという所望だった。

さっそく大井川の間で療治を施したところ、武家たちの評判は上々だった。

「体が芯から生き返ったような心地がするぞ」

道場主が言う。

「いくらか痛めていたところも良くなった」

師範代も晴れやかな表情だ。

「それは何よりでございます」

良庵は頭を下げた。

「骨接《ほねつ》ぎの心得もございますので、今後ともごひいきに」

おかねが如才なく言った。

聞けば、道場は良庵の療治場からはさほど離れてはいなかった。かくして、また一つ上得意が増えた。

二

次の巳《み》の日は、のどか屋の旅籠の部屋がすべて埋まった。

この日は隠居が良庵の療治を受けてから泊まるため、一階の部屋を確保してある。残りの五部屋も、呼び込みが功を奏したのに加えて常連の泊まり客も重なり、あっという間に埋まってくれた。

「木枯《こが》らしが吹く日には、ほっとする味だね」

砂村《すなむら》から久々に来た義助《ぎすけ》が言った。

「体の芯からあったまります」

一緒に荷車を引いてきた若者が笑みを浮かべた。

小松菜などの江戸の野菜に加えて、金時《きんとき》人参や九条葱《くじょうねぎ》といった京野菜も畑で育てている。江戸の界隈で京野菜を手広くつくっているのは義助だけだ。

わけあって時吉が京へ赴《おもむ》き、かの地でも京造《きょうぞう》という弟子がのどか屋ののれんを出した。その折にもらった種を義助が育て、いまやほうぼうの料理屋の厨に入るまでになった。むろん、長吉屋でも使っている。

「あんかけうどんに金時さんを入れたら、それはもうご好評で」

おちよが笑みを浮かべた。

今日の中食はあんかけうどんの膳だった。

あつあつの釜揚げうどんに醬油のあんをかけると、体の芯からあたたまる。

具は金時人参と油揚げ、薬味は葱と海苔。これだけで存分にうまい。

「はは、それじゃ金太郎が入ってるみたいだね」

義助はそう言って、うどんをわしっとほおばった。

金時人参は色合いも深いが、甘みがあってうまい。ただ煮つけにするだけでも美味だが、こうしてうどんなどの具にしても引き立つ。今日はあんかけだが、鍋焼きうどんでも美味だ。

「ことに、月見にすると絶品で」

まかないで食したおけいが言った。

「中食では玉子の数がそろわなかったので、二幕目から入れるようにしているんです」

時吉が言った。

「なら、いいときに来たね」

　砂村の農夫の顔がほころんだ。

「いいときと言えば、今日は巳の日なので、日のくれがたから腕のいい按摩さんが見えますよ。ご隠居さんも療治がてら泊まられるので」

　おちよが伝えた。

「さようですか。ご隠居さんはどこかお悪いので？」

　義助が訊く。

「腰を痛められて、だいぶ案じたんですけど、良庵さんの療治が功を奏して、近場の散歩くらいなら普通にできるようになったんです」

　と、おちよ。

「いままでが健脚すぎたのかもしれません」

　時吉が笑みを浮かべた。

「はは、そうかもしれないね。なら、そんなに腕のいい按摩さんだったら、わたしも揉んでもらおうか。畑仕事も腰を使うものでね」

　義助は腰にちょっと手をやった。

「承知しました。見えたら伝えておきます」

　おちよはすぐさま答えた。

三

「いや、極楽だねえ、この流れは」

一枚板の席に陣取った季川が満足げに言った。

「大松屋さんで内湯にだけ入るのは考えましたね」

おちよが言った。

「お代を払えば、向こうもあきないだからね」

隠居が少し得意げに言った。

のどか屋と違って、近くの大松屋には内湯がついている。まずそちらに浸かり、湯上がりに良庵から入念な療治を施してもらう。そして、さっぱりしたところでのどか屋に来て、これから酒と肴を楽しむところだ。多少酒を過ごしても、泊まり部屋がすでにあるから安心だ。

ほどなく、義助も療治を終えて一階に下りてきた。

一緒に来た若いものは江戸の縁者のもとを訪ねにいったらしい。だいぶ日が西に傾いてきたから、おけいも上がりで帰っていった。

「まま、久々に一杯」

砂村の農夫は隠居とともに呑みはじめた。

「まずは金時が主役の肴からです」

時吉がそう言って差し出したのは、金時人参と厚揚《あつあ》げの煮物だった。味もさることながら、嚙み味の違いも楽しめるまっすぐな料理だ。

「ほっこりと煮えてるね」

隠居の白い眉がやんわりと下がった。

「わが子の晴れ姿で」

義助も満足げな顔つきだ。

「続いて、脇役で」

じゅっ、といい音が響いた。

時吉が油にかき揚げのたねを投じ入れたのだ。

「脇役でも色が生きてるじゃないか」

油鍋のほうを見た隠居が言った。

「こちらの子はいささか熱そうです」

義助がそう言って猪口の酒を呑み干す。

「天麩羅の音はいいねえ。これだけで銭が取れるよ」

隠居も続く。

ややあって音がやさしく変わり、時吉がかき揚げを菜箸でつまんで油を切った。

「金時人参と甘藷《かんしょ》と長葱《ながねぎ》のかき揚げでございます。あたたかい天つゆでお召し上がりくださいまし」

時吉が皿を下から出した。

「ああ、これも具の味が響き合ってうまいね」

隠居が相好《そうごう》を崩す。

「百姓冥利《みょうり》に尽きますよ」

義助の表情もほころんだ。

そのとき、階段のほうから声が聞こえた。

「気をつけて、おまえさん」

おかねの声だった。

泊まり客に施していた良庵の療治が終わったのだ。

四

「ああ、火がとおりましたね」

一枚板の席に座った良庵が言った。

「さすがの耳ですね」

時吉が菜箸をつかんだ。

「天麩羅は耳と舌で楽しめますからありがたいです」

按摩は笑みを浮かべた。

おかねは座敷のほうで二代目のどかをなでている。人懐っこい猫だから警戒もせず、おなかを見せてしきりにのどを鳴らしていた。

「ときどき悪さもしますけど、みんなうちの看板猫ですから」

畳の拭き掃除をしながらおちよが言う。

「たとえばどんな悪さを？」

おかねがたずねた。

おちよはこのあいだ、おようが猫のせいで膳をひっくり返した話を面白おかしく伝えた。おかねは相槌《あいづち》を打ちながら楽しそうに聞いていた。

そのあいだ、良庵は揚げたてのかき揚げを賞味していた。

「こちらが育てた金時人参を使ってみました。砂村でおいしい野菜をつくってくださっているので」

時吉は義助を紹介した。

「さようですか。こんなに味の濃い人参は初めてです」

良庵は感に堪えたように言った。

「わたしも、あんなに気持ちのいい按摩は初めてでしたよ。かかあに揉んでもらうのとは大違いで」

義助が笑みを浮かべた。

「そりゃ、餅は餅屋だからね」

と、隠居。

「ありがたいことです」

良庵はそう言って、かき揚げをまたさくっと嚙んだ。

ここでまた足音が響き、二階から三人の客が下りてきた。先頭を歩く男はいささか目つきに険《けん》がある。

「おう、出かけてくるぜ」

客の一人が言った。

初めての顔ぶれだ。初見《しょけん》でものどか屋で酒と肴を楽しむ客は多いが、どこか出かけるところがあるらしい。

「行ってらっしゃいまし。どちらまで？」

おちよがたずねた。

「ちょいと南茅場町《みなみかやばちょう》の知り合いのとこによ」

目つきの悪い男がにやりと笑った。

「お気をつけて」

時吉も声をかける。

三人の客はそれに答えず、そそくさと出て行った。

良庵が箸を置いた。

「おかみとあるじの耳に入れておきたいことが……」

按摩はややあいまいな顔つきで言った。

「はい、何《なん》でしょう」

おちよが座敷から歩み寄る。

良庵は少しためらってから話しはじめた。

それを聞くにつれて、時吉とおちよの顔が引き締まっていった。

五

「おはようございます」

千吉がいい声を響かせた。

「ああ、おはよう。今日も頼むぞ豆腐飯」

時吉が言った。

「承知で」

千吉が打てば響くように答える。

「『木枯らしや今日も頼むぞ豆腐飯』って発句が浮かんじゃった」

おちよが笑みを浮かべた。

「ご隠居さんがお泊まりだからね」

時吉も笑みを返した。

段取りは滞《とどこお》りなく進み、朝餉の支度が整った。

「いい香りで起こされたよ」

季川が真っ先に姿を見せた。

「おはようございます、ご隠居さん」

千吉があいさつする。

「朝からいい声だね」

「ええ、元気一杯で。……はい、豆腐飯のお膳でございます」

千吉が盆を出した。

「おお、来た来た」

隠居がさっそく匙を取る。

ほどなく、二階の泊まり客が続けざまに下りてきた。

「お座敷、お相席で相済みません」

おちよが手つきで示す。

「お待たせいたしました。朝の豆腐飯膳でございます」

千吉も運び役をつとめる。

初見の客には、おちよが手短に食べ方を教えた。

「その決まりに従わなきゃいけねえのか？」

目つきの鋭い客がたずねた。

「いえ、どう召し上がっていただいてもよろしいのですが」

おちよが答える。

「なら、好きに食わせてもらうぜ」

「おれら、好き勝手に生きてきたからよ」

「がははは」

感じの悪い三人組だが、豆腐飯を食すにしたがって、その表情がだんだんに変わっていた。

「おう、うめえな」

かしらとおぼしい男が言った。

「ほんとですな、兄ィ」

「こんなにうめえとは」

手下もうなる。

「ここの豆腐飯を食ったら、よそのは食べれんぞ」

かしらが言った。

「ああ、食べれんわ」

「うめえ」

手下がそう言って、またわしわしと豆腐飯をかきこんだ。

その声は厨にも届いた。

膳の支度をする千吉の手がふと止まった。

六

「おまえの勘ばたらきだからな」

時吉は腕組みをした。

朝餉は終わり、例の三人組は二階の部屋に戻っていった。

「何かあったんです？」

いきさつを知らない砂村の義助がけげんそうにたずねた。

「食べれん組という盗賊が江戸に来ているそうなんです。美濃のほうの出で、『食べれん』というのが口癖で」

おちよは黒四組から聞いた話を伝えた。

「ほう、『食べれん』と」

義助がうなずく。

「こんなまずいものは食べれん、あるいは、量が多すぎて食べれんというのが口癖なのかと思っていたのですが」

時吉はそう言って神棚の十手を見た。

元武家で剣の遣い手だったあるじ、勘ばたらきの鋭いおかみ、その血を継いだ跡取り息子。のどか屋の家族に黒四組から託された親子の十手だ。

「まさか、『よそのは食べれん』だったとは驚きだね」

隠居が声を落として言った。

「それに、昨日、良庵さんが療治のあと、『あのお客さんたちが気になる』と」

おちよも小声で言う。

「良庵さんは療治で人となりが分かるそうだからね」

隠居が指で圧《お》すしぐさをした。

「で、どうしましょう」

おちよが時吉の顔を見た。

「今日は指南の日だが、それどころじゃないな」

時吉は答えた。

「これから旅籠を出るから、跡をつけてねぐらを探すとか」

千吉が案を出す。

「それがいいな。手ぬぐいを持ってきてくれ」

時吉はおちよに言った。

「手ぬぐい？」

おちよはいぶかしげな顔つきになった。

「頰被《ほおかぶ》りをするんだ」

時吉は口早に答えた。

「なら、わたしは駕籠で長吉屋へ行って、今日の指南役は無理だと伝えてくるよ」

隠居が言った。

「ああ、それはよろしくお願いします」

時吉が頭を下げた。

ほどなく、どやどやと足音が響き、食べれん組かもしれない三人組が下りてきた。踏み倒されないように、初見の客は宿賃を前払いでもらっている。あとは見送るばかりだ。

「お発《た》ちですか？」

おちよがつくり笑いで問うた。

「おう」

「豆腐飯、うまかったぜ」

「またな」

三人組は上機嫌で答えた。

「毎度ありがたく存じます」

時吉は頭を下げた。

客が出たのを見届けると、時吉はおちよから手渡された手ぬぐいで頬被りをした。

いくらか腰を曲げ、年寄りに見せかける。

「隠密廻りだね」

隠居が笑みを浮かべた。

「なら、あとを頼むぞ」

時吉は千吉に言った。

「承知で」

跡取り息子は短く答えた。

「長吉屋へのつなぎはやっておくから」

隠居が言う。

「頼みます」

時吉はそう答えると、おちよに目配《めくば》せしてからのどか屋を出た。

七

つかず離れず、時吉はひそかに三人組の跡をつけた。

連中は折にふれて何やら相談しながら歩を進めていた。むろん、遠すぎて声までは聞こえない。

やがて冨坂《とみさか》を上り、伝通院《でんづういん》の近くに至った。

小石川伝通院は徳川家の菩提寺として知られる名刹《めいさつ》だ。近くにはほかにも寺院があるが、町場もある。

その脇道へ、三人の男がだしぬけに折れた。

時吉はここを先途《せんど》と駆けた。

角を曲がると、いちばんうしろの男が長屋めいたところに姿を消すところだった。

ここがねぐらか……。

先に寝ておき、夜更けに押し込みに動くつもりだろう。

時吉はそう察しをつけた。

昨日、出かけるときにおちよが行き先をたずねたところ、かしらとおぼしい男がぽろりと「南茅場町の知り合いのとこ」と漏《も》らした。

南茅場町には大きな問屋がいくつもある。おおかた下見《したみ》に行ったのだろう。

太い線が一本つながった。

時吉は頰被りを脱ぐと、急いで番町まで走った。

安東満三郎の屋敷がそこにある。もし不在ならば、八丁堀の万年同心のもとをたずねるつもりだった。

押し込みは今夜かもしれない。一刻を争う。

急いであんみつ隠密の屋敷に向かうと、僥倖《ぎょうこう》にも黒四組のかしらは在宅で書き物をしていた。日の本じゅうを飛び回っている御仁だから、すぐつなぎができたのは幸いだった。

「そうか。食べれん組のねぐらまで分かったのか」

黒四組のかしらは色めき立った。

「今夜にも、動くかもしれません」

時吉は息せき切って告げた。

「分かった。韋駄天《いだてん》につないで組の者を集めよう」

安東満三郎が言った。

韋駄天とは、脚自慢の井達天之助《いだてあまのすけ》のことだ。

「うちは空いておりますので」

時吉が告げる。

「よし。なら、日の暮れまでにのどか屋に集合だ。おれも動くぜ」

黒四組のかしらは気の入《はい》った声を発した。

八

「町方《まちかた》につないできました。冨坂で落ち合う段取りで」

のどか屋に戻るなり、韋駄天侍が告げた。

「おう、さすがにつとめが早《はえ》えな」

安東満三郎は渋く笑うと、千吉がつくったあんみつ煮を口に運んだ。

「あとは火消し衆だけですかい？」

一枚板の席から、元締めの信兵衛が問うた。

「火盗《かとう》にゃ万年がつないでるから、あとはここのあるじが火消し衆をつれてきたら終《しま》いだな」

あんみつ隠密が答えた。

火盗とは火付盗賊改方《ひつけとうぞくあらためかた》のことだ。

「二重に網を張れば、捕り逃すことはなさそうですな」

切絵図《きりえず》を見ながら、室口源左衛門《むろぐちげんざえもん》が言った。

縁あって黒四組に入った武家で、日の本の用心棒と呼ばれている。立ち回りになったら力を出す男だ。

「おう、一人も捕り逃さねえようにしねえとな」

黒四組のかしらの声に力がこもった。

ほどなく、よ組の火消し衆をつれて時吉が戻ってきた。

「おう、すまねえな」

安東満三郎がかしらの竹一に声をかける。

「なんの。支度はしてきましたんで」

竹一の後ろには纏持ちの梅次、さらに鳶口《とびぐち》を手にした屈強《くっきょう》な火消しが五人控えていた。これだけでも食べれん組より多い。

「すぐ出ますかい？」

かしらが問う。

「いや、まだ日が暮れるまでには間がある。じっくり行こうぜ」

あんみつ隠密は答えた。

「おなかのほうはいかがです？　けんちんうどんができますが」

おちよが水を向けた。

「金時人参がたっぷり入ったうどんですよ」

厨から千吉が言った。

「さっきいただいたけれど、実にうまかった」

元締めが笑顔で言った。

「そう聞いたら、食わねえわけにゃいかねえな」

よ組のかしらが言った。

「わしも食うぞ」

室口源左衛門が勢いよく右手を挙げた。

結局、みなが所望した。時吉も厨に入り、千吉とともにけんちんうどんをつくった。金時人参のほかの具は、厚揚げと牛蒡《ごぼう》と蒟蒻《こんにゃく》だ。胡麻油で炒めているから、ぷーんといい香りが漂う。冬場にはこたえられないうまさだ。

「こりゃ、いくらでも胃の腑《ふ》に入るな」

纏持ちの梅次がうなった。

「体の芯からあったまるぜ」

「力がわいてきた」

火消し衆はみな笑顔だ。

「うどんもこしがあってうまいぞ」

黒四組の用心棒の髭面がほころぶ。

「うん、甘え」

おのれだけ味醂をどばどばかけたけんちんうどんを食したあんみつ隠密が言った。

そんな按配で、好評のうちに腹ごしらえが済んだ。

「捕り方は足りてるから、道案内役で来てくんな、あるじ」

安東満三郎が時吉に言った。

「あれの出番だな」

室口源左衛門が神棚の十手を指さした。

「承知しました。曲がるところを見ていますから」

時吉は答えた。

「悪いな、おかみ。捕り物は町方と火盗にやらせるからよ」

人を使うのがうまい黒四組のかしらが言った。

「分かりました。無事を祈っています」

おちよは軽く両手を合わせた。

九

その晩――。

小石川伝通院にほど近い路地から、三つの影が現れた。

いずれも黒装束《くろしょうぞく》をまとっている。

「いいか、抜かるな」

かしらが小声で言った。

「へい」

「合点《がってん》で」

手下が答える。

「南茅場町まで足を止めるな。番所の前じゃ息を殺せ」

かしらは口に手をやった。

「へい」

二人の手下は腰をかがめた。

「行くぞ」

かしらは路地を出た。

そして、冨坂のほうへ駆けだそうとしたとき、だしぬけに行く手に提灯《ちょうちん》が現れた。

「御用《ごよう》だ」

「御用」

火の入った提灯が揺れる。

「げっ」

「かしら」

食べれん組はにわかにうろたえた。

振り向くと、そこにも捕り方が現れた。

火盗

見ただけで震えあがるような字でそう記されている。

「われこそは、安東満三郎なり」

だいぶ離れたところから、黒四組のかしらが大声で告げた。

「日の本を騒がせ、悪事を繰り返せし食べれん組、うぬらの命運《めいうん》、ここで尽きたと思え」

あんみつ隠密は芝居がかったしぐさで告げた。

「しゃらくせえ。やっちめえ」

かしらは背に負うていた刀を抜いた。

得たりとばかりに、室口源左衛門が抜刀《ばっとう》する。

火消し衆も鳶口を構えた。

時吉は十手を抜いた。

小ぶりな十手で心もとないが、幸いにして使うことはなかった。

食べれん組はすでに袋の鼠《ねずみ》だった。多勢に無勢だ。

「ぐわっ」

手下の一人が悲鳴をあげた。

日の本の用心棒が峰打《みねう》ちにしたのだ。

「御用だ」

「御用」

提灯が揺れる。

残りの二人を捕り方がわっと取り囲んだ。

後ろ手に縛られたかしらは、観念してがっくりとうなだれた。

そのさまを見て、あんみつ隠密が前へ進み出た。

「これにて、一件落着」

まるでおのれの手で捕まえたかのように、黒四組のかしらは誇らしげな声を響かせた。

第六章　鰯《いわし》の雪花菜《きらず》和え

一

「このたびは手柄《てがら》だったな」

あんみつ隠密が良庵の労をねぎらった。

年の残りもあとわずかになった寒い日の二幕目、のどか屋では先《せん》だっての捕り物の打ち上げが行われていた。黒四組の面々に、よ組からはかしらの竹一と纏持ちの梅次だけが加わっている。

巳の日とあって、隠居も療治と泊まりのために顔を見せていた。それで打ち上げはこの日に決まった。そもそもの手柄は、按摩の良庵なのだから。

「わたしはただ療治でひらめいただけで」

良庵は謙遜していった。

「それが何よりの手柄じゃねえか。こりゃ少ねえが、お上《かみ》からのほうびだ」

黒四組のかしらは袱紗《ふくさ》に包んだものを女房のおかねに渡した。

「えっ、そんなものを頂戴できるんでしょうか」

おかねが驚いたような顔つきになった。

「今後また、怪しいやつを療治したら注進《ちゅうしん》してくんな」

安東満三郎は笑みを浮かべた。

「のどか屋へ伝えといてくれたら、おれが動くからよ」

万年同心が言う。

「それからほうぼうへつなぎますので」

井達天之助が腕を振って走るしぐさをした。

「わしの出番はいちばん後だからな」

室口源左衛門が猪口の酒を呑み干す。

「わたしが療治を頼んだおかげで悪党が捕まったようなものだから、気分はいいね」

隠居が一枚板の席で言う。

「なら、ご隠居さんにもほうびを出さないと」

その隣で元締めの信兵衛が言った。

「代わりに、うまい料理を出してくんな。黒四組が持つからよ」

あんみつ隠密が言った。

「うちらの分もですかい？」

よ組のかしらが訊いた。

「おう、持つぜ。しみったれたことは言わねえや。おかげで食べれん組が一網打尽《いちもうだじん》になったんだからな」

安東満三郎は機嫌よく答えた。

食べれん組が狙っていたのは、南茅場町の下《くだ》り酒《ざけ》問屋だった。責め問いにかけたところ、かしらは口を割らなかったが、手下はあっけなく吐いた。それにより、下り酒問屋に何食わぬ顔で入りこみ、中から心張棒《しんばりぼう》を外す引き込み役をやる手はずになっていた男もお縄になった。これで一網打尽だ。

「では、あんみつさんのおごりの肴です」

時吉が笑みを浮かべて皿を出した。

祝いごとには欠かせない鯛の昆布締めだ。

昆布はだしを取ったあとのものがいい。新しい昆布だと味がきつすぎる。

「ちょうどいい按配だね」

隠居が顔をほころばせた。

「まさによろ昆布《こぶ》で」

元締めの表情もゆるむ。

鯛の次は寒鰤の酢蒸しが出た。

蒸した鰤にあつあつの合わせ酢をかける一風《いっぷう》変わった料理だ。たっぷりのおろし生姜をのせて食すと、びっくりするほどうまい。

「うん、甘え」

あんみつ隠密だけは味醂がけだ。

「熱いうちに食うとうめえな」

味にうるさい万年同心もうなった。

「鍋焼きうどん、いまつくっておりますので順々に」

おちよが言った。

「そりゃ寒い日にはありがてえ」

「銭を払ってでも食いてえところですな、かしら」

よ組の火消し衆が言う。

「それにしても、年が明ければ、千坊はもう十六かい」

隠居がそう言って猪口を置いた。

「もう『坊』とは呼べませんな」

元締めが言う。

「ほんに、早いもので」

酒を座敷に運びながら、おけいが言った。

「善松《ぜんまつ》ちゃんも大きくなったでしょう」

おちよが笑みを浮かべる。

「そろそろどこぞへ修業に出そうかと思ってるくらいで」

と、おけい。

「ほう、何の修業だい」

あんみつ隠密が訊いた。

「それをまだ決めかねているところで」

おけいは答えた。

「のどか屋のつてがありゃ、どこへだって修業に行けるぜ」

あんみつ隠密が言う。

「料理人にはならないのかい？」

隠居がたずねた。

「それはいま一つ乗り気じゃないみたいです」

おけいは少しあいまいな顔つきで答えた。

ほどなく、鍋焼きうどんができた。

金時人参に油揚げ、長葱に肉厚の椎茸《しいたけ》、彩り豊かな紅白の蒲鉾《かまぼこ》に、黄金《こがね》のようにつややかな玉子まで割り落とされている。

「はい、お待たせいたしました」

「お一人ずつの土鍋でどうぞ」

おちよとおけいが運んでいく。

「お待ちどおさまで」

一枚板の席には時吉が出した。

「おお、来た来た」

まず元締めが受け取る。

「あったまるな、これは」

座敷でさっそく食しはじめた万年同心が言った。

「どうなることかと思ったけれど、これでまた新たな年を迎えられそうだよ。……うまいねえ」

鍋焼きうどんを口にした隠居が、感に堪えたように言った。

二

明けて天保《てんぽう》十年（一八三九）になった。

たいていの料理屋は正月の三が日は休むが、のどか屋には旅籠がついている。初《はつ》詣《もうで》に江戸へ出てくる泊まり客もいるから、正月はかき入れどきだ。中食の膳と二幕目は休むものの、朝の豆腐飯はつくるから、厨は休みというわけではなかった。

ただし、時吉とおちよがいれば客の相手はできる。おけいたちは三が日だけ休んでもらうのが習いになっていた。

千吉は元日だけ豆腐飯を手伝った。

「おっ、二代目はもう十六かい」

深川の八幡宮《はちまんぐう》へ毎年初詣に来るなじみの客が言った。

「早いもんだね」

そのつれが感慨深げな面持ちになった。

「おかげさまで」

手を動かしながら、千吉が答えた。

「子はどんどん育つねえ、おかみ」

客はおちよに言った。

「ほんに、ありがたいことで」

おちよは笑みを浮かべた。

滞りなく朝の膳が終わったところで、見計らっていたかのように年始回りの客が来た。

「まあ、おそめちゃんに多助さん」

おちよが声をあげた。

「ご無沙汰しておりました。……さ、歩いてごらん」

多助がまだ小さな子に声をかけた。

せがれの多吉《たきち》だ。

生まれたのは去年の正月だから、もう一年になる。

「えっ、もう歩けるの？」

千吉が驚いたように言った。

「ちょっとだけだけどね」

と、おそめ。

多吉はおっかなびっくり少し歩いたところで、不安げに母の顔を見た。

「はい、えらかったね。にゃーにゃがいるよ」

おそめは息子をだっこして、座敷で丸まっていた二代目のどかとふくに近づけた。

まだ言葉は発しないが、多吉は猫たちを見て機嫌よさそうな顔になった。

「どうも長々とこちらをお休みして相済まないことで」

多助がちらりとおそめを指さしてわびた。

「まあ、それはしょうがないわよ。多助さんは小間物問屋のつとめがあるんだし、おそめちゃんは多吉ちゃんの世話にかかりきりだろうから」

おちよが言う。

「相済みません。で、その小間物問屋のつとめですが、去年、美濃屋《みのや》の番頭に上げていただきまして」

多助はそう伝えた。

「それはそれは、おめでたく存じます」

おちよがすぐさま言った。

「おめでたく存じます」

千吉も笑顔で言う。

「実直なつとめを重ねたおかげだね」

時吉も白い歯を見せた。

「ありがたく存じます。しかも……」

多助はおそめと多吉のほうをちらりと見てから続けた。

「今年の秋ごろには、のれん分けで新たな見世を任せていただくというありがたいお話がありまして」

「まあ、それはおめでたの重なりで」

おちよのほおにえくぼが浮かぶ。

「屋号《やごう》は美濃屋で？」

時吉が問うた。

「ええ。のれん分けでございますから」

多助は打てば響くように答えた。

「そういうわけですので、こちらのお手伝いはもう手が回らないようです。いずれ改めて元締めさんにもごあいさつをしてまいりますが」

おそめがいくらか申し訳なさそうに言った。

「それはもう。小間物屋のおかみさんと跡取り息子さんね」

おちよが二人を見て言った。

「千ちゃんと違って、多吉が跡取り息子らしくなるのはずいぶん先でしょうけど」

と、おそめ。

「それまでは二人でやるの？」

ひとわたり洗い物を終えた千吉がたずねた。

「そのうち、丁稚《でっち》どんでも雇おうかと思ってるんだ」

多助が答えた。

「若い者を育てながらのれんを守っていくのがいいね」

時吉が言った。

「はい、その心づもりをしています」

多助は胸に手をやった。

「どなたかいい人がいれば、よしなに」

おそめがいささか気の早いことを言った。

「分かったわ。気張ってね」

おちよはそう言って励ました。

多吉は猫たちの動きが面白いらしく、しきりに指さして「うー、うー」と何か言っている。

小太郎としょうもやってきて、ふくをまじえて猫相撲を始めたところだ。

「これこれ、仲良くしなさい」

おちよがたしなめる。

「のれん分けしたら、福猫を一匹いただきにまいりますよ」

多助が笑顔で言った。

「また生まれるでしょうから、何匹でも」

おちよも笑顔で答えた。

三

千吉が花板をつとめる紅葉屋は、三日から仕込みに入っていた。

長吉屋に修業に出ている丈吉は年が明けて十一になった。まだいちばん下《した》っ端《ぱ》の追い回しで、古参《こさん》の料理人から叱られてべそをかくこともあるが、ぐっとこらえて修業を続けている。

「なら、何かつくってもらおうかしら」

母のお登勢が水を向けた。

「おせちを何かつくってよ」

千吉も言う。

「うーん、何にしようかな」

丈吉は首をひねった。

「車海老が入ってるから養老煮《ようろうに》は？」

千吉が言った。

「養老煮って？」

丈吉が問う。

「じゃあ、つくってみるから。見れば分かるよ」

千吉は手を動かしはじめた。

車海老を洗って鍋にだしを張り、調味料を加える。

「鍋に蓋をして煮るのが勘どころだよ。そんなに長くなくていいから」

「はい」

丈吉は殊勝《しゅしょう》に答えた。

千吉が紅葉屋の花板になったあと、長吉屋に残った信吉や寅吉とともに湯屋へ行ったり、屋台へ行ったりしているらしい。それなら安心だ。

「よし、頃合いだね」

千吉は火から鍋を外して蓋を取った。

「わあ」

丈吉は声をあげた。

車海老はみなくるんときれいに丸まっていた。

「お年寄りの曲がった腰みたいだから養老煮っていう名がついたのよ」

母のお登勢が教える。

「長生きするようにという縁起物《えんぎもの》だね。あとは冷めてから先と尾っぽをきれいに切りそろえて、身のところだけ殻を剥いておけばいい」

千吉が車海老を指さして言った。

その後もおせちづくりは続いた。

紅白なますに里芋《さといも》の白煮《しらに》、田作《たづく》りに黒豆《くろまめ》に厚焼き玉子。指南を受けた丈吉も手を動かした。十一にしてはなかなか堂に入った包丁さばきだ。

「賄いとか、やらせてもらってるの？」

千吉はたずねた。

「兄弟子たちと一緒に」

丈吉は答えた。

「どんなものをつくったの？」

今度はお登勢がたずねた。

「んーと、麦とろとか」

丈吉は長芋を擂《す》るしぐさをした。

「あれは単純そうで難しいんだ」

千吉が笑みを浮かべた。

上手《うま》い料理人が擂ると、目に見えない気の泡のごときものがたくさん入ってまろやかな食べ味になる。

「何事も学びね」

お登勢が笑みを浮かべた。

「うんっ」

紅葉屋の跡取り息子はいい返事をした。

四

次の午の日――。

中食の膳が終わり、時吉が長吉屋へ指南役に出かけようとした頃合いに、おようが元締めの信兵衛と一緒に入ってきた。今日は巴屋の人手が足りないから、朝はそちらの手伝いをしていた。

いささか驚いたことに、母のおせいの顔もあった。

「中休みに、ちょっとお話をさせていただきたいと」

おせいは少しあいまいな顔つきで切り出した。

千吉はおようの顔を見た。

嫌な感じが走った。

いつもの明るいおようの表情ではなかった。

見慣れない陰がある。髷には白い蜻蛉《とんぼ》のつまみかんざしを挿しているが、何がなしに寂しげに見えた。

「悪いね、時を取らせて」

信兵衛が時吉にわびた。

「いえいえ。で、どういう話で？」

時吉はおせいに訊いた。

「実は、この子に縁談が持ち上がりまして」

おせいはおようを指さした。

「まあ、それはおめでたく存じます」

おちよが笑みを浮かべた。

「おめでたく存じます」

おけいも声をかける。

ただし、肝心のおようの表情はあまり晴れてはいなかった。

縁談と聞いて、千吉の心《しん》の臓《ぞう》がきやりと鳴った。

何か声をかけなければと思ったが、何も言葉が出てこなかった。

「うちの人からの話で、お相手は同じつまみかんざしづくりの親方の後継ぎさんなんですけどねえ。わたしも会ってみたんですが、ちょっとはっきりしないところがあって」

おせいは首をかしげた。

「はっきりしないと言いますと?」

おちよが問う。

「千吉さんみたいにはきはきしゃべってくれたらいいんですけど、あー、とか、うー、とかが多くて」

およう は困った顔つきになった。

「硬くなっていたということはないかい?」

時吉がたずねた。

「それは、わたしも訊いてみたんだがね」

元締めが苦笑いを浮かべた。

「どうも、そういうたちの人みたいで」

と、おせい。

「ようちゃんは決めたの?」

おけいが問うた。

「今月の晦日《みそか》まで、返事を待ってもらうことにしたんです」

おようはあいまいな顔つきのまま答えた。

断ったら？

喉元まで出かけた言葉を、千吉はぐっと呑みこんだ。

おのれの心の海がにわかに波立ったから、千吉はうろたえた。そんなことはついぞなかった。

「うちの人がお世話になった親方さんの後継ぎなので、無下《むげ》に断ることもできませんでねえ」

おせいがいささかつらそうに言った。

「なるほどねえ」

おちよがあごに手をやった。

「好き合って一緒になるのがいちばんだがね」

信兵衛が言う。

「こんなときにご隠居さんがいればねえ」

おちよがそう言って時吉のほうを見た。

「まあ、晦日まではまだあるから、じっくり考えて」

時吉はおように言った。

「はい」

おようはうなずいたが、いつもの元気はなかった。

「もし嫁入りということになれば、こちらのおつとめはできかねるので、今日はその旨をお伝えに」

おせいが言った。

「それはもちろんです」

おちよがうなずく。

「うちのことは気にしないで、よく相談して決めてください」

時吉も言った。

千吉は何か言おうと思った。

言わなければ、と思った。

しかし……。

そう思えば思うほどに言葉が出てこなかった。

「じゃあ、今日はまた巴屋に？」

おちよがたずねた。

「戻ります」

おようは短く答えた。

「おかみまで風邪で寝込んでるもので」

元締めが言う。

「まあそれは。うちも気をつけないと」

おちよが言った。

「では、また決まりましたら改めて」

本所へ戻るらしいおせいが頭を下げた。

「承知しました。わざわざのお越しで」

おちよも礼を返す。

「ご苦労さまです。では、これで」

時吉はそう言って、長吉屋の指南役に向かった。

「千吉さん、また」

おようはやっと笑みを浮かべて、千吉に言った。

「あ、ああ……お疲れさまです」

千吉はやや要領を得ない返事をした。

その顔は、だいぶ赤くなっていた。

五

指南役を終えて戻ると、長吉屋の一枚板の席に季川がいた。

隣には鶴屋の隠居の与兵衛もいる。

「ああ、ご苦労さま」

季川が労をねぎらった。

「いかがですか、腰のほうは」

時吉が気遣う。

「良庵さんの療治のおかげで、だいぶ良くなったよ。ここまでなら、杖をついてわりかた楽に来られるようになった。のどか屋も紅葉屋も駕籠じゃないと無理だがね」

季川はそう言うと、鰯《いわし》の雪花菜《きらず》和えに箸を伸ばした。

雪花菜とはおからのことだ。酢締めにした鰯をだしでのばしたおからで和えると、いい按配の酒の肴になる。具は人参と木耳《きくらげ》と三つ葉で、色合いも小粋だ。

「紅葉屋は代わりにわたしが入り浸ってますから」

与兵衛が笑みを浮かべる。

「そりゃ隠居所を兼ねてつくったんだからね」

と、季川。

「ただ、花板がつくる餡巻きが人気で、わらべがずいぶん来るようになりましてね。静かな隠居所で一杯という当てはいささか外《はず》れてしまいました」

口ではそう言ったものの、鶴屋の隠居の顔には笑みが浮かんでいた。

「そりゃ何よりだ。おれも食いに行くかな」

厨に入っている長吉が言った。

「ぜひお越しくださいまし」

与兵衛はすぐさま言った。

話を聞くと、わらべのなかには将棋の筋のいい者もいて、与兵衛と幼なじみの重蔵が座敷で指南を行っているらしい。のどか屋から里子に出した猫ののどかは、格別悪さもせずふしぎそうに見ているのだそうだ。

時吉も厨に入り、ちょうど料理指南でつくった肴を出した。

鯛の錦《にしき》和えだ。

長吉屋にも金時人参が入っている。その色合いを活かした肴だ。

金時人参はみじん切りにして水にさらしておく。浅葱《あさつき》も同じくみじん切りだ。

厚めのそぎ切りにした鯛の上に水気を切った人参と浅葱を散らすと、錦さながらの美しさになる。大葉《おおば》を添えて盛り付け、加減《かげん》醤油《しょうゆ》を添えれば出来上がりだ。

「目で楽しんでから味わう、粋な肴だねえ」

季川が満足げに言った。

そのとき、足音が響き、中に入ってきた者がいた。

「いらっしゃい……って、おまえか」

時吉は意外そうな顔つきになった。

長吉屋に入ってきたのは、千吉だった。

六

「どうした、千吉」

長吉が声をかけた。

「何か急な用か？」

時吉も案じ顔で問う。

「そうじゃないんだけど……信吉兄さんや寅吉と一緒に、久々に湯屋と屋台にでもと思って」

千吉はいくらかあいまいな表情で答えた。

「はは、それもいいね」

隠居は笑みを浮かべた。

「つとめはまだあるぞ」

長吉がクギを刺す。

「もちろん、手伝ってからで」

千吉が答えた。

「のどか屋の仕込みは済ませたか？」

時吉が問うた。

「はい。豆も昆布も水につけたので」

千吉はすぐさま答えた。

「ちょっといつもの顔色じゃないね」

与兵衛が気遣う。

「風邪かい？」

隠居が問うた。

「いえ……大丈夫です」

千吉は少し迷ってから答えた。

「紅葉屋のほうの仕込みはいいのか？」

今度は長吉が訊いた。

「おかみさんがやってくださっているはずなので」

と、千吉。

「お登勢さんも料理人だからね」

与兵衛はそう言って、鯛の錦和えを口に運んだ。

「あんまり遅くならないようにしな」

時吉が言った。

「はい、そうします」

千吉は殊勝に答えた。

七

夜から風が出てきた。

師走《しわす》の風だ。首筋に吹きつけてくると、切られるように寒い。

こんな晩は、屋台の蕎麦の暖がありがたい。久々に仲間とともに湯屋へ行った千吉は、兄弟子の信吉、弟弟子の寅吉とともになじみの留蔵《とめぞう》の屋台に向かった。

紅葉屋の跡取り息子の丈吉も一緒に湯屋へ行ったのだが、ちょっと眠いし、湯ざめしそうだからと先に長屋に戻った。そんなわけで、千吉たちは以前と変わらぬ仲良し三人組で屋台へ急いだ。

だが……。

あいにくなことに先客がいた。しかも、二人の武家が酒を呑んでいる。

「おう、久しぶりだな」

留蔵が千吉に向かって手を挙げた。

「ご無沙汰してました」

千吉が答えた。

「何か話があるみてえで」

信吉が言った。

「相談事かい？」

留蔵が訊く。

「まあ……そんなところで」

千吉は答えをはぐらかせた。

二人の武家は勤番侍らしく、藩政について話しこんでいた。すぐ腰を上げそうな感じではない。

「まあ、かわるがわるに座って食いな。あつあつでいいな？」

留蔵がたずねた。

「もちろん、あつあつで」

信吉が真っ先に言った。

「おいらも」

寅吉も手を挙げる。

「いいよ」

千吉は短く告げた。

留蔵は豆腐飯のつくり方をのどか屋で伝授された。飯にのせてうまいものは、蕎麦でもうまい。冬場はあったかい蕎麦の上に味のしみた煮豆腐をのせて供するから「あつあつ」。夏場は井戸水で冷やした蕎麦の上に冷や奴をのせ、削り節や葱などの薬味を添えてつゆをかけて食す。これは「ひやひや」だ。

ほかに、「ひやあつ」や「あつひや」もできるが、こんな寒い晩は「あつあつ」にかぎる。

「ほっとするべ」

さっそく食した信吉が言った。

「ああ」

千吉は生返事をした。

二人の武家はなおも話しこんでいる。寅吉も座る番を待っているから、相談どころではない。

「で、何の相談だべ？」

兄弟子が訊いた。

「いや……べつに相談ってわけじゃ」

千吉は言葉を濁して、残りの蕎麦を胃の腑に落とした。

いつもよりほろ苦い味がした。

第七章　穴子《あなご》の橙《だいだい》醤油焼き

一

翌日の紅葉屋——。

千吉はどうも浮かない顔で、ときどきため息をついたりしていた。

「どうしたの？　千吉さん。風邪でも引いた？」

お登勢が案じてたずねた。

「いえ……大丈夫です」

千吉はそう答えたが、やはりいつもの元気がなかった。

のれんを出して四半刻ほど経つと、ようやく人が入ってきた。

もっとも、隠居の与兵衛とその孫だから客ではない。

「餡巻きを焼いてやっておくれ、花板さん」

与兵衛は千吉に言った。

「はい、承知で」

手を動かしていたほうが気がまぎれていい。千吉はさっそく支度を始めた。

餡巻きの香りに誘われたのか、わらべが三人、少し遅れて娘が二人入ってきた。示し合わせたように餡巻きを所望したから、千吉は大忙しになった。

「うちは田楽と蒲焼きのお見世だったのに」

そう言いながらも、大入りでお登勢は嬉しそうだった。

「なら、半ばは甘味処でいいよ」

与兵衛が笑みを浮かべる。

「半ばは将棋処だし、なんだかわけが分からなくなってきましたね」

と、お登勢。

与兵衛は常連のわらべと将棋を指しだした。父親は講釈師《こうしゃくし》という変わり種だが、口数は多くない。このところめきめきと腕が上がっているからわけをたずねたところ、父が将棋の書物を買い与えてくれたのだそうだ。

「猫が増えたら、猫屋にもなるよ」

おとなしく前足をそろえて将棋を見ているのどかをちらりと見て、与兵衛が言った。

「猫屋はすぐ近くに日和屋さんがありますから」

餡巻きをつくりながら、千吉が言った。

「日和屋さん、さっき行ってきたんです」

「今日は梯子《はしご》で」

髷をかわいい桃割れに結った二人の娘が言った。

「そうですか。あそこも猫縁者なので」

千吉が笑みを浮かべた。

「お団子がおいしかった」

「餡巻きも楽しみ」

千吉やおようと同じくらいの歳とおぼしい娘たちが言った。

「名物になりそうだから、丈吉にも教えておかないとね」

与兵衛が言った。

「ああ、そうですね。鍛えてやってくださいな、花板さん」

お登勢が笑顔で言った。

「はい、それはいくらでも」

千吉はそう言って、金物《かなもの》のへらで器用に餡巻きをひっくり返した。

ほどなく、餡巻きができた。

「おいしい」

「餡があまーい」

わらべたちはみな笑顔だ。

将棋を指しているわらべも、局面をじっと見ながら餡巻きにかぶりつく。

「でも、うらやましいわ。好き合って一緒になるなんて」

客の一人が言った。

「これから大変だけどね」

もう一人の娘が答える。

「お嫁入りかい？」

与兵衛が軽くたずねた。

「ええ。来月、身内だけで祝言《しゅうげん》で」

幸せそうな笑みが返ってきた。

「それはおめでたく存じます」

お登勢は祝いの声をかけたが、千吉はあいまいな笑みを浮かべただけだった。

「ありがたく存じます」

嫁入りが決まっている娘が幸せそうな顔つきで答えた。

「うらやましいわ。あたしも十六だから、そろそろ相手を探さないと」

「親御《おやご》さんはどう言ってるの？」

「当てはあるって言ってるから、いざとなったら任せちゃおうかと思ってるんだけど、好き合って一緒になるのがいちばんだから」

そんな調子で、餡巻きを食べながらの会話が続いた。

千吉は考えた。

おのれも十六だ。

所帯を持ったりするのはまだまだ早いと思っていたが、たしかに娘の十六は焦りが出てくる年頃だ。おようも迷ったあげく嫁入りを決めてしまうかもしれない。

そう思うと、なおのこと胸のあたりがきやきやした。

「こりゃ詰まされたね。強くなったよ」

与兵衛が駒を投じた。

口数の少ないわらべの表情がやっと崩れた。

ほどなく、ほかのわらべと娘たちが腰を上げた。

「毎度ありがたく存じました」

　おようと同い年の娘に向かって、千吉は声をかけた。

　その声には、いつもの張りがなかった。

二

　ややあって、与兵衛も孫をつれて帰っていった。紅葉屋は潮が引いたように静かになった。

「ちょっと日和屋さんへ行ってきていいでしょうか」

　千吉はお登勢に問うた。

「いいわよ。お客さんが来たら田楽でも蒲焼きでも出せるから」

　お登勢は快く答えた。

　そんなわけで、千吉は同じ町内の猫屋に向かった。

「あ、いらっしゃい」

　ひょうきんな猫のお面を頭にのせたあるじの子之助が声をかけた。

　ここにも娘たちがいた。

紅葉屋へ来た二人とは違うが、似たような年頃だ。上野黒門町の界隈には、裁縫や染め物などの習い事の場所がいろいろある。習い事の帰りにつれだって甘味処に立ち寄る娘たちは多かった。

「のどか屋のみなさんはお達者で？」

おかみのおこんがたずねた。

「ええ、おかげさまで」

千吉は笑みを浮かべた。

「なかなかうかがえずに相済みません」

あるじの子之助がわびる。

「この子たちの世話もあるもので」

おこんは思い思いに寝そべったり遊んだりしている猫たちを指さした。

壁には互い違いの段が取り付けられている。上り下りをするのが好きな猫たちにはありがたい仕掛けだ。

千吉はみたらし団子とお茶を頼んだ。ほどよい甘さでもちもちした日和屋のみたらし団子は千吉の好物だ。

「ちさちゃん、おいで」

千吉は手を伸ばした。

のどか屋から来たちさは、もういくたびか子を産んでいる。すっかり母の貫禄が出ていた。

「いい子だね」

千吉が首筋をなでてやると、ちさはごろごろとのどを鳴らしはじめた。

「おようちゃん、お嫁に行くかもしれないって。どうしようね」

猫に向かって、千吉は小声で言った。

「はい、お待たせしました。みたらしとお茶でございます」

おこんが盆を運んできた。

「今日はお運びの娘さんは?」

千吉が訊いた。

「それがねえ。急にお嫁入りが決まって、やめちゃったの。また代わりの娘さんを探さなきゃ」

おこんは答えた。

「そう……」

うちも、と言おうとしたが、ほかの客から手が挙がった。

「お茶のお代わり、お願いします」

客が頼む。

「はあい、ただいま。……どうぞごゆっくり」

おかみはあわただしく千吉のもとを去っていった。

結局、何も告げることはできなかった。

その日のみたらし団子は、いつものような甘さを感じなかった。

何がなしにほろ苦かった。

三

次の午の日――。

おようがのどか屋番になった。

「よろしくね、おようちゃん。うちの後継ぎさん、中食に面倒そうなものをつくるみたいだから」

おちよが笑みを浮かべて言った。

「えー、何？　千吉さん」

　おようはたずねた。

　その表情は前よりだいぶ晴れやかになっていた。

　わけを知りたいところだが、ひとまずそれどころではない。中食の膳をつくらねばならない。

「彩《いろど》り煮しめ膳だよ」

　千吉は答えた。

「筑前煮《ちくぜんに》にしておきなさいって言ったんだけどねえ」

　おちよが苦笑いを浮かべた。

「どう違うんです？」

　おようはいぶかしげに問うた。

「筑前煮は同じ鍋で煮るんだけど、彩り煮しめは色が移らないように具ごとに鍋を替えてなんべんも煮てから合わせるんだ」

　千吉は答えた。

「まあ、それは大変」

　おようは目をまるくした。

「とにかく、てきぱきやらなきゃね」

おちよが言った。

「うん」

千吉は気の入《はい》った表情で答えた。

いちばん白くするのは蓮根《れんこん》だ。酢と砂糖と塩をほどよくまぜて煮ると、鮮やかな白い煮物になる。

蒟蒻《こんにゃく》は下茹でしてあくを抜き、手綱《たづな》のかたちにまとめてから甘辛く煮る。これだけでもだいぶ手間がかかる。

牛蒡《ごぼう》と干し椎茸は同じ鍋だ。ここにうっかり蓮根を入れたりしたら、濁った色になってしまう。

金時人参と若竹《わかたけ》と隠元《いんげん》は薄口《うすくち》醤油を用い、素材の色を活かす。このように鍋を分けて手間をかけて煮ると、色鮮やかな仕上がりになる。

「わあ、きれい」

おようが声をあげた。

一つの鉢にまとめて盛り付けると、実にうまそうな出来上がりになった。

これに油揚げと豆腐と若布《わかめ》の味噌汁、さらに香《こう》の物がつく。沢庵《たくあん》に梅干しに胡瓜《きゅうり》の漬け物。香の物まで彩り豊かだ。

「そろそろよろしいでしょうか」

見世の前に列ができているのを察して、おけいがたずねた。

千吉は牛房と人参の味見をした。

よし、これならやわらかい……。

「はい、入れてください」

千吉は厨から声を張り上げた。

「お待たせいたしました。中食、始めます」

おちよがのれんを出した。

「おう、腹減った」

「いい匂いがしてきたから、腹の虫が鳴りやがった」

「さあ、食うぜ」

なじみの職人衆がどやどやと入ってきた。

「いらっしゃいまし」

おようはいつもと同じいい声を響かせた。

「いらっしゃいまし。空いているところにどうぞ」

「お座敷はお相席で」

おちよとおけいも和す。

座敷でのんびりと寝ていたゆきとしょうがあわてて逃げた。毎日のことだから先に逃げておけばいいものを、猫にはそういう知恵は回らない。

「はい、お膳三つお願いします」

必死に手を動かしながら千吉が言った。

いま少しきれいに盛り付けたかったが是非もない。腹をすかせた客を待たせるわけにはいかない。

それでも、評判は上々だった。

「蓮根がしゃきっとしててうめえな」

「おいらは人参だ」

「おめえ、人参なのかよ」

「人参がうめえって言ってんだ」

そんな声がほうぼうで飛ぶ。

「椎茸も蒟蒻も味がしみてるぜ」

「おう、上々だぜ、二代目」

客からほめ言葉がかけられた。

「ありがたく存じます」

何より嬉しい言葉を聞いて、千吉は久々に弾けるような笑顔になった。

四

中食の膳は滞りなく終わり、短い中休みになった。

「なら、呼び込みをお願いします」

おちよがおけいとおように言った。

「承知しました」

おけいが答える。

「では、さっそく行ってきます」

おようも動く。

「あ、ちょっとだけおようちゃんに話が」

おちよはそう言って、外に出るようにと手つきでうながした。

中食の洗い物をしながら、千吉は様子をうかがった。ただし、小声で話をしているようで、その中身までは伝わってこなかった。

ちょっとだけ、ということだったが、立ち話はだいぶ長かった。

「じゃあ、お願いします」

おちよの声が聞こえた。

やっと話が終わったらしい。おようとおけいはそのまま呼び込みに行き、おちよだけが戻ってきた。

「どうなった？　おようちゃん」

しばらくしてから、千吉はこらえきれずにたずねた。

「どうやら、お嫁に行くことに決めたみたいね」

どこかあいまいな表情で、おちよは答えた。

それを聞いたとき、千吉の心の臓《しん》がずきりと鳴った。

恐れていた答えだった。

「あんまり乗り気じゃないみたいだけど、義理のお父さんが世話になった親方の息子さんだそうだから。お嫁に行けば、お母さんも安心するだろうと」

おちよはそう伝えた。

「お母さんも……」

そう言ったきり、千吉の言葉がとぎれた。

落胆《らくたん》の色はありありだった。

「もう一回、午の日が巡ってくるから、うちの手伝いはそこでおしまいにするっていう話で」

おちよはさらに言った。

「そう……」

千吉は肩を落として小声で答えた。

五

呼び込みが功を奏し、旅籠の部屋は次々に埋まった。

二幕目に入ると、元締めの信兵衛と岩本町の御神酒徳利がやってきた。今日も千客万来だが、跡取り息子の表情だけがさえなかった。

「なら、おようちゃんはつまみかんざしの手伝いもあるから、これで上がって」

おちよが言った。

「分かりました。相済みません」

おようは頭を下げた。

「常連さんに伝えなくていいかい」

信兵衛が小声で言う。

おようが嫁に行くことが来まり、今月かぎりでのどか屋をやめるという話だ。

「うーん……まだちょっと早いかも」

おちよは少し迷ってから答えた。

「なら、千吉さん、また」

おようが言った。

「ああ、また」

千吉は短く答えた。

「お先に失礼します」

客に向かってあいさつする。

「ご苦労さまだね、若おかみ」

いきさつを知らない湯屋のあるじが右手を挙げた。

「ほんとに若おかみになっちまいな」

富八が戯れ言まじりに言った。

おようが去ってほどなく、黒四組の二人がつれだって入ってきた。

あんみつ隠密と幽霊同心だ。

「そうか。今日は午の日か」

厨の千吉の顔を見て、安東満三郎が言った。

「うちの人に何かご用で？」

客の顔色を見て、おちよがたずねた。

「さすがの勘ばたらきだな、おかみ」

一枚板の席に座った黒四組のかしらが言った。

「明日から御役でしばらく江戸を離れるから、うめえもんを食っていこうと思っただけだがな」

「いろはほへと、のほうで」

万年同心が言葉を添えた。

いろはにほへとの「に」が抜けている、すなわち、荷抜けという判じ物だ。

「それはそれは、お役目ご苦労さまでございます」

おちよが頭を下げた。

「代わりにおれが来るから」

万年同心が笑みを浮かべた。

「なら、餡巻きをおつくりします」

千吉があんみつ隠密に言った。

「おう、酒のあてには餡巻きがいちばんだ。うんと甘くしてくんな」

甘いものに目がない男が言った。

「こっちは渋い肴で頼むぜ」

万年同心が言う。

「へい、承知で」

千吉は気を入れなおして料理にかかった。

ほどなく、のれんが開いて新たな客が入ってきた。

「まあ、いらっしゃいまし」

おちよの顔がぱっと晴れた。

のどか屋に久々に顔を見せたのは、千吉の寺子屋の師匠だった春田東明だった。

六

「どうしていましたか、千吉さん」

つややかな総髪の学者は、背筋を伸ばしたまままたずねた。

「ええ、まあ……」

千吉はいささかあいまいな返事をした。

「なんだかはっきりしねえじゃねえか」

あんみつ隠密が言った。

「顔色もちょっとさえねえしよ」

万年同心も言う。

「悩みごとがあったりしますか？」

春田東明は温顔で問うた。

「思い切って前へ進もうか、それともあきらめようかと迷っていることはあります」

千吉は言葉を選んで答えた。

おちよは息子のほうを見たが、何も声はかけなかった。

「いったい何を迷ってるんだい……お、できたな」

あんみつ隠密は餡巻きの皿を受け取った。

「さあ、それは……」

千吉ははっきり告げなかった。

二幕目の客のために仕込んでおいた穴子《あなご》の白焼《しらや》きのほうへ歩み寄る。

「うん、甘《あめ》え」

お得意のせりふを口にすると、あんみつ隠密はふと思い出したように言った。

「そう言や、おれも女房に声をかけるとき、迷った末に前へがっと進んだな」

いくらか遠い目つきで言う。

「へえ、そうなんですか。初めて聞いた」

と、万年同心。

「親の決めた縁談などではなく」

春田東明が言った。

「そうじゃなくて、おれから声をかけたんだ。習いごとの帰りによくすれ違ってたからよ。あん時に吹いた風をまだ憶えてるぜ」

安東満三郎が言った。

「吹いた風を」

おちよが復唱する。

「おう。風が背中を押してくれたような気がした。ここを逃して、そのままべつべつの向きへ歩いて行ったら、もう縁はねえと思ったんだな」

あんみつ隠密はそう言って、残りの餡巻きを胃の腑に落とした。

「それで思い切って声をかけたんですか」

万年同心が訊いた。

「そのとおりよ。あとで聞いたら、向こうにゃちょうど縁談が持ち上がってたところでよ。それがほんとに最後の機だった」

黒四組のかしらが答えた。

「なるほどねえ」

おちよが感に堪えたような顔つきで言った。

料理の手を動かしながら、千吉はじっと話を聞いていた。いまの話は、ずいぶんと琴線《きんせん》に触れた。

「千載一遇《せんさいいちぐう》の機だったわけですね」

学者が笑みを浮かべた。

「そのとおりよ。おかげでまあ、女房にできて、子にも恵まれて上々吉《じょうじょうきち》よ」

日の本じゅうの悪党を追っている黒四組のかしらは、ひとたび屋敷に戻れば良き夫であり良き父であるようだ。

「千載一遇とは？」

千吉が手を動かしながら問うた。

「伯楽《はくらく》に遭わざれば千載に一驥《いっき》なし、千載の一遇は賢智《けんち》の嘉会《かかい》なり、と言います」

漢籍《かんせき》から蘭書《らんしょ》まで、博学で鳴る学者はさらりと諳《そら》んじてみせた。

「どんなにいい馬がいても、名伯楽がいなければ、千年のうち一頭も見出されることはない。千年に一度のようなめぐり逢いがあれば、こんなに喜ばしいことはないから、その機を逃さぬようにという教えですよ」

春田東明はそう言って笑みを浮かべた。

「はい」

千吉はうなずいた。

何か感じるところがあったようだ。

「千載一遇の風をとらえて女房を見つけるとは、さすがはかしらですな」

万年同心が持ち上げた。

ややあって、肴が仕上がった。

穴子の橙《だいだい》醤油焼きだ。

正月の飾りなどに使う橙は存外にむかしからある。ただし、あまりにも酸っぱいからそのまま食用にするのは向かない。

そこで、搾《しぼ》り汁を醤油と味醂にまぜ、白焼きの穴子に刷毛で塗りながら焼くことにした。書《ふみ》で読んだ料理だが、試すのは初めてだ。

「うん、橙の風味もしてうめえな」

味にうるさい万年同心がそう言ったから、千吉はほっとした顔つきになった。

「こういう大人の料理もつくれるようになったんですね、千吉さん」

春田東明もうなる。

「この味が出せるんなら、二代目で充分やっていけるぞ」

万年同心が太鼓判を捺《お》した。

「ほんと？　平ちゃん」

千吉の表情がやっと晴れた。

「おれは嘘は言わないさ。大人の味になってきたからよ」

万年同心は白い歯を見せた。

「餡巻きをもう一本くんな。おれはわらべの味でいいからよ」

あんみつ隠密がそう言って指を立てたから、のどか屋に笑いがわいた。

七

その晩――。

長吉屋の指南から帰ってきた時吉は、おちよからその日の千吉の様子を聞いた。千吉はもう紅葉屋へ戻っている。

「そうか、東明先生が見えたのか」

それだけつくりすぎて余ってしまった牛蒡の煮つけを肴に呑みながら、時吉が言った。

「前にもちょっと言ったけど、あの子、おようちゃんが好きみたいで」

と、おちよ。

「若おかみと呼ばれたりしているくらいだからな」

時吉は猪口を置いた。

「わたしだって、おようちゃんが本当に若おかみならいいのにって思ってたくらいなんだから」

おちよはそう言って酒を注《つ》いだ。

「明るくて、気立てがいいから」

時吉はまた猪口を口元に運んだ。

「ええ。なかなかあんな子は見つからないかと」

おちよが軽くため息をついた。

「かと言って、先様の縁談にどうこうは言えないからな」

と、牛蒡をまたつまむ。

「それはもちろん。おようちゃんはあんまり乗り気じゃなかったけれど、お母さんが後妻でもあるし、義理のお父さんがむかしお世話になった親方の息子さんなら無下《むげ》には断れないかと」

おちよはいくらかあいまいな顔つきで言った。

「おようちゃんはもう決めたんだな？」

時吉は問うた。

「まだおせいさんには言ってないみたいだけど」

おちよが答える。

「返事をするのは、今月の晦日までか」

時吉はたしかめた。

「ええ。今日の話を聞いた千吉は、その前に思い切っておようちゃんに何か言うかもしれないけれど」

おちよが小首をかしげる。

「それは……ひとまず見守るしかなさそうだな」

時吉はそう言って酒を呑み干した。

「そうね。親がどうこう言う話じゃないし」

おちよは湯呑みを置いた。

「もし千吉が何か言って、話がややこしくなったりしたら、出る幕があるかもしれないがな」

思案してから、時吉が言った。

「向こうの親方さんが怒ったりしたらわびを入れないと」

おちよが先を読む。

「まあ、千吉しだいだ」

酒はもういいというしぐさをして、時吉は立ち上がった。

「そうね。結局、思い切れずにそのままになるかもしれないし」

おちよはあいまいな笑みを浮かべた。

第八章　大根のほっこり蒸し

一

翌る日――。

本所では、おようが弟の儀助とともに長屋を出るところだった。

「気をつけてね」

母のおせいが見送る。

今年で八つになる儀助は、正月から手習いに通いだした。まだ二度目だから、姉のおようが送ってからつとめに出るところだ。手習いは両国橋の東詰に近いので、ちょうど通り道になる。

「帰り道は分かるな？」

父の大三郎《だいざぶろう》が儀助に声をかけた。

つまみかんざしの親方だが、手伝っているのは後妻のおせいと連れ子のおようだけだ。つましい暮らしながら、身を寄せ合うようにして生きている。

「うん、おとう」

儀助は答えた。

「今日はどこの旅籠?」

おせいが訊いた。

「大松屋さん」

おようが答える。

今日のつまみかんざしは朱色の蝶々だ。風は冷たいが、そこだけがほんのりとあたたかく感じられる。

「のどか屋さんじゃないんだ」

おせいは少し残念そうに言った。

「行ってみたら変わることもあるけど」

と、およう。

「やめるのなら、おれもあいさつに行かなきゃな」

大三郎が言った。

「どう、決めた？」

おせいがおように短く問うた。

「ううん……まだちょっと」

おようは迷ってから答えた。

ひとたびは縁談を受けることを決めたつもりだったが、ひと晩経《た》つとまた心がぐらぐらと揺らいだ。

「返事は晦日までていいから、よくよく思案しな」

義父の大三郎が言った。

「はい」

おようはうなずいた。

髷に挿したつまみかんざしの蝶々もふるりと揺れる。

「お姉ちゃん、早く」

儀助がうながした。

「はいはい、ごめんね。じゃあ、行ってきます」

おようは笑みを浮かべた。

「行ってらっしゃい」

「気をつけて」

つまみかんざしづくりの両親が送り出した。

二

「おようはあんまり乗り気じゃねえみたいだな」

手を動かしながら、大三郎が言った。

小さく切った色とりどりの薄い布を、細い金の板を二枚つないだような道具でつまみながら折り畳み、土台に一枚ずつ貼り重ねていく。根気の要《い》る作業だ。

「たしかに、顔色があの子らしくないかと」

おせいも手を動かしながら答えた。

大三郎は鶴、おせいは桜のつまみかんざしをつくっている。一枚ずつの積み重ねだが、職人の技量は仕上がりを見れば歴然だ。名人がつくったつまみかんざしには風が吹く。鳥や蜻蛉《とんぼ》はいまにも空を飛びそうに見えた。

「嫌々嫁に行くのなら、よしたほうがいいかもしれねえ」

大三郎は言った。

「でも、おまえさん、世話になった親方さんからのお話でしょう？」

おせいは手を止めた。

「それとこれとは、またべつの話だ。……ちょいと茶にするか」

大三郎もきりのいいところで手を止めた。

「はい」

おせいは茶の支度をした。

あきないものに粉がついたりしたら事《こと》だから、茶菓子はない。

「親方んとこのせがれは、はっきりしたとこがなくてよ。おのれもべつに女房はほしがっちゃいねえと思う」

大三郎はそう言って、茶をいくらか呑んだ。

「一人のほうが居心地がいいと」

おせいが言う。

「そのとおりだ。そりゃ周りは案じるから嫁はどうかと勧めるけれど、当人にとってみりゃ迷惑な話かもしれねえ」

親方はそう言って、また茶を呑んだ。

「そうだとしたら、あの子が嫁に行っても気づまりなだけかもしれないねえ」

おせいが首をかしげた。

「とりあえず夫婦《めおと》になってみたらだんだんに慣れてくることもあろうかと思ってたんだが、どうやらそういう風向きでもねえようだ」

大三郎は少し顔をしかめた。

「なら、あの子が断っても平気かい？　おまえさん」

おせいがたずねた。

「おう、いいぜ。おれが親方に頭を下げればいいだけの話だからな。気にすることはねえっておように言っといてくれ。おれの顔もあるからって、意に添わねえ嫁入りをさせたんじゃ、こっちも後生《ごしょう》が悪いや」

大三郎はそう言って残りの茶を呑み干した。

「だったら、儀助が手習いから帰ってきたら、一緒に橋向こうへ連れて行ってもいいかい？　あの子にさっそく伝えてこようと思って」

おせいは弾んだ声で訊いた。

「今日はつとめがそうでもねえからかまわねえが、儀助は何しに行くんだ？」

大三郎がたずねる。

「手習いに通いだしたほうびに、甘いものでも食べさせてやろうかと思って」

と、おせい。

「ほう、そりゃいいな。どこか当てはあるのかい」

今度は大三郎が訊いた。

「ちょいとね」

おせいは笑みを浮かべた。

三

いい日和《ひより》だった。

冬とは思えないほど日ざしがあたたかだ。その陽気にさそわれてか、両国橋の西詰にはかなりの人出があった。

「お泊まりは、内湯のついた大松屋へ」

跡取り息子の升造《ますぞう》が声を張り上げた。

千吉の幼なじみで、ずいぶん背丈が伸びた。

「朝の名物、豆腐飯のお膳がついたのどか屋にもどうぞ」

そう呼び込みの声をあげたのは、おようだった。

今日は大松屋の助っ人だが、同じ元締めの旅籠だし、すぐ近くだ。呼び込みはのどか屋の名も呼んでいた。いくらか離れたところにはおけいの姿もある。

「あれっ」

おようの表情が変わった。

見間違いではなかった。橋を渡ってきたのは、母のおせいと弟の儀助だった。

「どうしたの？　お母さん」

おようはたずねた。

「手習いに通いだしたごほうびに、餡巻きでも食べさせようかと思ってね。今日はつまみかんざしのほうのつとめがそう多くないから」

おせいは髷にちらりと手をやった。

渋い色合いの藤のかんざしだ。歳に合わせて選べるように、さまざまなものをつくっている。

「餡巻きって、のどか屋で？」

おようが訊く。

「跡取りさんが花板をやってる上野黒門町の紅葉屋さんまでは歩けないからね。それに……」

おせいは声を落として続けた。

「ちょっとおまえに話があってきたんだよ」

「ここじゃ駄目？　今日は大松屋さんの番で、これからお客さんをつかまえなきゃいけないから」

おようは答えた。

「なら、手短に言うよ。例の話、お父さんの顔とかは気にしなくていいから、嫌なら断ってくれてかまわないと。それを伝えに来たんだよ」

おせいは顔つきを引き締めて告げた。

「お父さんが……」

おようは思案げな顔つきになった。

「まだ晦日までには間があるから、じっくり考えておくれ。おのれの心を大切にして」

おせいは笑みを浮かべた。

「餡巻きはまだ？」

儀助が急《せ》かせる。

「はいはい、分かったよ」

と、おせい。

「なら、もし手が空いたらのどか屋へ顔を出すから」

おようが言った。

「ああ、無理しないでおくれ。……さ、行くよ」

おせいは儀助の手を引いて歩きだした。

四

「餡巻きはせがれのほうが上手なんですが」

時吉がそう言って手を動かした。

「上野黒門町までは遠いですから、こちらでいただいて帰ろうかと」

おせいが笑みを浮かべた。

「いくつだい、坊」

一枚板の席から、元締めの信兵衛が声をかけた。

「七つ」

小上がりの座敷に座った儀助が指を出して答える。

「うちの千吉の半分足らずねえ」

おちよが感慨深げに言った。

「千吉ちゃんも寺子屋に？」

おせいが訊く。

「ええ。いい先生の下で学ばせていただきました」

おちよが答えた。

「このあいだもうちに見えたんですよ」

時吉も言う。

「子の育つのは早いもので。ついこのあいだ、おしめを替えていたような気がするんですが」

おせいが言う。

「うちもそうですよ。ふと気づいたら十六で」

と、おちよ。

「わらべのときから見ているけど、いつのまにか立派な板前さんになって」

元締めが言った。

「いやいや、まだまだ学びですよ。……はい、できたよ」

時吉は餡巻きを仕上げた。

さっそくおちよが運んでいく。

「はい、お待たせしました」

皿を座敷に置くと、小太郎がひょいと手を伸ばした。

「駄目よ」

すかさずおちよがだっこして土間に放す。

「わあ、おいしそうね」

おせいが笑顔で言った。

「うん。いただきます」

いい声を発すると、儀助はすかさずかぶりついた。

はふはふ言いながら、できたての餡巻きを食す。

「やけどしないようにね」

と、母。

こくりとうなずくと、わらべはまた餡巻きを食した。

「……おいしい」

やっと声が出る。

「甘いでしょう？」

おちよが訊いた。

「うん、甘い」

儀助は花のような笑顔になった。

ほどなく、表のほうで人の話し声が響いてきた。

「あ、お姉ちゃんも来たよ」

おせいが言った。

おけいとともに、おようも客をつれて戻ってきた。

五

ひと組は古くからの常連だった。

野田《のだ》の醤油問屋、花実屋《はなみや》の番頭の留吉《とめきち》で、このたびは栄太郎《えいたろう》という若い手代を連れていた。江戸でのあきないを学ばせるらしい。

もうひと組は、鴻巣《こうのす》から江戸見物に来た親子だった。父のほうも足腰は達者で、宿場に泊まりながらここまで歩いてきたという話だ。

「では、ご案内いたします」

「お二階へどうぞ」

おけいとおようが部屋へ案内した。

「ああやって、お仕事をしてるのよ」

おせいが儀助に言った。

「えらいね、お姉ちゃん」

七つの弟が笑った。

「そうね、偉いね」

と、おせい。

「うちの番になったときは、若おかみと呼ばれてるくらいですから」

おちよが笑みを浮かべた。

「明るくて元気がいいので、とても助かっています」

百合根入りの玉子焼きをつくりながら、時吉が言った。

「そうですか、若おかみと」

おせいはいくらか感慨深げな顔つきになった。

「ところで、坊は大きくなったら何になるんだい？」

元締めが儀助にたずねた。

「んーと……分かんない」

わらべが首を横に振ったから、のどか屋に和気が漂った。

「そうかい。じっくり思案して決めな」

信兵衛は顔をほころばせた。

ほどなく、客の案内を終えたおようとおけいが戻ってきた。

次はお茶を運んでいく番だ。

「今度はわたしとおけいちゃんでやるから、おようちゃんは大松屋さんへ戻って」

おちよが言った。

「承知しました。……わあ、おいしそう」

時吉が仕上げにかかった玉子焼きのほうをちらりと見て、おようが言った。

「代わりに儀助に食べさせるから」

おせいが言った。

「うん」

わらべがうなずく。

「ちょっと大人の味かもしれないけどね」

時吉が言った。

よく茹でた百合根と浅葱を加えた玉子焼きだ。ほろ苦いなかにも甘みがある百合根と浅葱の香りが玉子焼きを引き立てている。酒の肴にはうってつけだ。

「手習いに通《かよ》ってるから」

儀助が大人びた口調で胸を張ったから、またのどか屋に和気が満ちた。

六

その日の紅葉屋――。

千吉は小気味よく手を動かしていた。

与兵衛の孫と、将棋を指しに来たわらべたちのための餡巻きだ。

「はい、上がりました」

千吉はお登勢に皿を渡した。

「今日は大変ね。わらべと大人と両方で」

お登勢が受け取って言う。

「気が張っていいです」

千吉はそう答えると、だいぶ前から仕込んでおいた料理の仕上げに取りかかった。

「あっ、そうか」

将棋盤を見ていた与兵衛が、ひざをぽんとたたいた。

「そっちも見落としかい？」

幼なじみの重蔵が訊いた。

「角《かく》の利《き》きをうっかりしてた。こりゃ駄目だね」

鶴屋の隠居が髷に手をやった。

「強いわらべ相手だと荷が重くなってきたな」

陶器の絵付け師が言った。

相手のわらべはあごに手をやって考えに沈んでいる。どうやら難しい局面のようだ。

「迷ってるのかい」

そう聞いたのは、初めて紅葉屋ののれんをくぐってきた男だった。

重蔵が絵付けのつとめをしている陶器づくりの窯元で、銀次《ぎんじ》という男だった。食い物にはうるさいし、将棋も指せるというので重蔵がつれてきた。そんな調子で、紅葉屋の客はだんだんに増えてきた。

わらべがこくりとうなずく。

「攻めても守っても、おめえのほうが良さそうだが、そんなときにゃびしっと踏みこむんだ」

重蔵が駒を皿にびしっと打ちつけた。それが駒台の代わりだ。

「そうそう。命までは取られやしないから」

与兵衛も言う。

「攻めるときは攻めねえとな」

見ていた銀次が言った。

わらべはようやく踏ん切りがついたようで、銀を敵に打ちこんだ。のっぴきならないいくさになる手だ。

厨で手を動かしながら、千吉は声を聞いていた。

命までは取られやしねえから。

攻めるときは攻めねえとな。

その言葉が、十六の若者の胸に刺さるかのようだった。

「こりゃあ、いくら指しても駄目だね。投了《とうりょう》だ」

与兵衛が駒を投じた。

相手のわらべは心底嬉しそうな表情になった。

ややあって、重蔵も非勢に陥《おちい》った。

「ちょいと見込みがなさそうだな」

のどかをひざに乗せて見物していた窯元が笑みを浮かべた。

「なら、あきらめてうめえものを食いますか」

重蔵も投了した。

「ちょうど上がりますので」

千吉が声をかけた。

お登勢とともに運んでいったのは、大根のほっこり蒸しだった。

大根の中をくりぬき、具を詰められるようにしてから下茹でをする。米を加えて煮れば、えぐみが取れてまろやかな味になる。

これをだしで煮て、じわっと味を含ませていく。これだけを食してもうまいが、具を詰めて蒸すのが千吉の工夫だ。

海老に穴子に銀杏《ぎんなん》。三種の具をそれぞれ下ごしらえし、大根のくりぬいてあるところに詰める。

その上から、よく漉《こ》してなめらかにした溶き玉子を加えてほどよく蒸す。

さらに、ほうれん草の葉を用いた緑餡をたっぷり回しかける。これを箸で割って食
せば、だれもがほっこりするひと品の出来上がりだ。

「こりゃあ手柄だねえ、花板さん」

与兵衛が満足げに言った。

「大根だけでもうめえのに、具も餡もいいじゃねえか」

銀次が目を瞠《みは》った。

「いいときに来ましたね、窯元」

重蔵が笑みを浮かべる。

「おう、いい見世につれてきてもらった。礼を言うぜ」

銀次も表情をゆるめた。

そのやり取りを聞いて、千吉も笑顔になった。

七

明日は午の日で、千吉が朝から来る。おようものどか屋に詰める。

そんな巳の日の暮れがたに、隠居の季川が姿を現した。按摩の良庵と女房のおかねも一緒だ。

「おお、ご隠居さん、お加減はいかがですか？」

小上がりの座敷であきないの相談をしていた花実屋の番頭の留吉が声をかけた。

「これはこれは、花実屋の番頭さん。おかげさまでいい按摩さんに療治をしていただいて、だいぶ良くなってきたところだよ」

季川はそう言って一枚板の席に腰を下ろした。

「どうかお大事になすってくださいまし」

留吉が気遣う。

「ああ、ありがとう。お連れは若い手代さんかい？」

隠居がたずねた。

「はい、栄太郎と申します」

いい目の光をした若者が頭を下げた。

「しばらくこちらに逗留させていただいているのですが、朝の豆腐飯に心を動かされたようで」

番頭が笑う。

「あれを食すためにこちらに泊まるお客さんの気持ちがよーく分かります」

若い手代が答えた。

「はは、それは良かったね」

隠居も笑みを浮かべた。

「いつものように、一階のお部屋は空けておきましたので」

おちよが言った。

「ああ、すまないね。これでまた豆腐飯を食べられる」

と、隠居。

「その前に豆腐続きで恐縮ですが、煮奴《にゃっこ》の鍋が上がりましたので」

時吉が言った。

一人用の鍋で供する料理だ。

「それもいいね。冷える日には煮奴と熱燗《あつかん》がいちばんだ」

隠居の白い眉がやんわりと下がった。

豆腐をだしで煮て、終《しま》いごろに長葱を入れるだけの簡単な料理だが、寒い日には五《ご》臓六腑《ぞうろっぷ》にしみわたる。

「ああ、おいしいね、おまえさん」

おかねが感に堪えたように言った。

「つとめを終えたあとの熱燗とあったかい料理。このほかに何を望んだらいいのかという味ですな」

良庵も言う。

「何を望んだらって、そりゃ良庵さんの療治があるよ」

すかさず隠居が言った。

「恐れ入ります」

按摩が頭を下げた。

その後は煮奴鍋を食しながら、ひとしきり千吉の話になった。

おようの母のおせいから、おちよは縁談のことを今日も事細かに聞いた。それを伝えたところ、隠居は少し思案してから言った。

「それは当人の気持ち次第だが、意に添わぬところならやめたほうがいいのじゃないかねえ」

「わたしもそう思います」

良庵も言った。

座敷では花実屋の二人がまたあきないの話を始めた。それぞれの問屋になじみの人がいるから、名と顔を覚えるだけでも若い手代は大変だ。

「千吉はどうでしょうかねえ。いま一つ煮えきらない様子なので」

おちよはもどかしそうに言った。

「親としてはどうなんだい？」

逆に隠居が問うた。

「あの子にはまだ早いかと思ってたんですが、おようちゃんはとってもいい子だし、好きなんだったらここは思い切って行けばいいのに、とも」

おちよはそう言って時吉の顔を見た。

「時さんはどうだい」

季川は時吉に問うた。

「親が口出しするのはこらえて、あいつがどうするか、ここはじっと見守ることに決めました」

時吉は引き締まった表情で答えた。

「おのれの人生は、おのれで切り開いていかないとね」

隠居が言う。

「そのとおりです」

時吉はうなずいた。

「あの子に話を切り出す度胸があるかしら」

おちよが小首をかしげる。

「のどか屋の二代目、ここが大きな山場だね」

隠居がそう言って、軽く両手を打ち合わせた。

八

翌朝――。

「おはようございます」

千吉の声がのどか屋に響いた。

「ご無沙汰で、千吉坊ちゃん」

「あっ、花実屋の番頭さん、お久しぶりで」

いくらか硬かった千吉の表情がぱっと晴れた。

野田ではかつて大きな手柄を挙げて人気者になったことがある。

「このたびは若い手代をつれてきたんですよ。豆腐飯がすっかり気に入ったようで」

留吉が手代のほうを手で示した。

「栄太郎です。よろしく」

若い手代が頭を下げた。

「跡取りの千吉です。では、さっそくその豆腐飯を」

千吉は膳の支度を始めた。

花実屋の二人とほかの泊まり客が食べ終わるころ、隠居が起きてきた。

「おはようございます、ご隠居さん」

千吉があいさつする。

「ああ、おはよう。また一日が始まるね」

隠居が笑みを浮かべた。

「どんな一日になるかしら」

おちよが言う。

「ことによると、おようちゃんは今日で最後になるかもしれないけどな」

いくらかとぼけたような口調で、時吉が言った。

「えっ、そう言ってた？」

千吉の顔に落胆《らくたん》の色が浮かんだ。

「いや、嫁入りを決めるのなら、うちの番は晦日までもう回ってこないだろう。そういうことだ」

時吉はあわてて言った。

「つとめにきりがついたら、おようちゃんから何かそのあたりで話があるかしらね」

と、おちよ。

「何にせよ、中食は気張って頼むぞ」

時吉が言った。

「は、はい」

少しうろたえた表情で千吉は答えた。

「長い人生は一日一日の積み重ねだが、なかには大事な一日もあるね」

隠居がそう言って、豆腐飯の膳を受け取った。

「あとで振り返ったら、『ああ、あの一日が』と思ったりします」

時吉が言う。


千吉がわずかにうなずいた。

「だから、悔いのないように生きなきゃね」

隠居は千吉を見て言った。

「はい」

千吉は力強くうなずいた。

九

のどか屋の前に、こんな貼り紙が出た。

けふの中食
麦とろ膳
ひもの　小ばち　みそ汁つき
三十食かぎり　四十文にて

「おっ、麦とろかい」

なじみの大工衆の一人が足を止めた。

「うめえんだ、ありゃ」

「身の養いになるしよ」

「なら、食っていこうぜ」

そんな按配で、客が次々にのれんをくぐってきた。

「いらっしゃいまし」

おようがいい声を響かせた。

「おっ、相変わらずいい声だね、若おかみ」

「その声で銭が取れるぜ」

「笑顔もな」

大工衆はわいわい言いながら座敷に上がった。

厨で手を動かしながらも、千吉はおようの様子をうかがっていた。

（のどか屋は今日で終いです。ありがたく存じました）

客に向かってそんなことを言ったらどうしようと気が気ではなかったが、いまのところはいつもと同じだ。

「ちょっと遅れてるわよ、千吉」

途中でおちよが声をかけた。

おようのほうが気になって、肝心の膳をつくる手が遅くなってしまっている。

「は、はい、急ぐので」

千吉はあわてて答えた。

「干物はわたしが焼くから、麦とろをお願い」

おちよが言った。

「承知で」

千吉は長芋を擂り鉢で擂りはじめた。

味噌汁を加えながらていねいにのばしていくのが骨法だが、焦るとかえって手間取ってしまう。擂り鉢がぐらぐらする。

「わたしが押さえます」

見かねておようが駆け寄ってきた。

擂り鉢を両手でぐっと押さえる。

「ああ、ありがとう」

千吉は真っ赤な顔で礼を言った。

そして、ふっと息を一つ吐いてから手を動かしだした。

互いの息づかいを感じるほどの近さだ。

千吉はとにかくとろろ芋を擂ることに気を集めた。

その甲斐あって、やっと膳がはかどりだした。

一時はどうなることかと思ったが、中食の膳は滞りなく出し終えた。

十

「おう、うまかったよ、二代目」

「また来るぜ、若おかみ」

最後の客がのどか屋を出た。

「ありがたく存じました」

おようはその背に向かって一礼した。

中休みの時になった。

千吉はふっと一つ息をついた。

まだしばらくは後片付けと洗い物がある。話を切り出すのはそのあとだ。

心ここにあらずの体《てい》で、千吉は洗い物の手を動かしていた。

およう はおちよと手分けして、猫たちにえさをやっていた。

「みんな今日も達者で何よりね」

おちよが言う。

「人も猫も、達者が何よりですね」

おようがそう言って、しょうの首筋をなでてやった。

花実屋の醬油にちなむ名の黒猫も、齢《よわい》を重ねてずいぶん貫禄が出てきた。

ややあって、後片付けと洗い物が終わった。

しばらく休むと、女たちは呼び込みに出る。客が見つかり、戻ってきたら、およう はもう御役御免《おやくごめん》だ。

もし晦日までに「お嫁に行く」という返事をしてしまったら、もう午の日はない。こうしてのどか屋で長く一緒に過ごすのは今日かぎりになってしまうかもしれない。

いやだ、と千吉は思った。

先だってのあんみつ隠密の言葉がふとよみがえってきた。

(おれから声をかけたんだ。習いごとの帰りによくすれ違ってたからよ。あん時に吹いた風をまだ憶えてるぜ)

(風が背中を押したような気がした。ここを逃して、そのままべつべつの向きへ歩いて行ったら、もう縁はねえと思ったんだな)

厨の中だが、千吉はそこはかとなく風を感じた。

そうだ、ここを逃したら、もう縁はない。

動かなければ……。

千吉は厨を出た。

「お、おようちゃん」

思いのほか大きな声が出た。

「はい？」

おようが見た。

「ちょっと話があるんだ。表で」

千吉は身ぶりで示した。

「……はい」

おようはうなずいた。

何かを察したのか、その表情はいくらかこわばっていた。

「行っておいで」

おちよが言った。

二人が出ていくのを見てから、おちよは胸に手をやった。

いい風が吹いていた。

今日の風には刺《とげ》がない。日ざしがのどか地蔵の界隈《かいわい》をあたたかく照らしている。

千吉はまだ木が若いちのの墓標をちらりと見た。亡くなった猫たちが空から見守ってくれているような気がした。

「おようちゃん」

千吉は真っ赤な顔で切り出した。

「はい」

おようは小さな声で答えた。

「若おかみ、ってよくお客さんから言われてるよね」

千吉は意を決したような面持ちで言った。

「ええ」

おようがこくりとうなずく。

風が吹きすぎていった。

長い、間があった。

「本当に……のどか屋の若おかみになってください」

ついにそう言うと、千吉は頭を下げた。

返事を待つ。

この間も長かった。

そして、声が返ってきた。

「……よろしゅうお願いいたします」

今度はおようが一礼した。

千吉は顔を上げた。

目と目が合った。

おようの目は、うるんでいた。

第九章　鯖《さば》の味噌煮

一

おちよは胸に手をやった。

心の臓が早鐘のように鳴っていた。

ふうっ、と一つ息をつく。

ちょうどそこへ、旅籠の支度を終えたおけいが戻ってきた。

「ちょいと、おけいちゃん」

おちよは手招きをして、小声で耳打ちをした。

聞いているうちに表情が変わる。

「まあ、千ちゃんが？」

おけいは目をまるくした。

「そう、思い切ったのよ、あの子」

声は落としているが、興奮を隠しきれない様子でおちよは告げた。

そこで表の二人がこちらへ歩いてきた。

「おめでとうを言わなきゃ」

おけいが小声で言う。

おちよは咳払いをした。

千吉とおようが帰ってきた。

どちらの顔も赤く染まっていた。

「ごめん、聞こえちゃった」

おちよは笑みを浮かべて言った。

「そう」

千吉は短く答えた。

胸に手をやる。

「おめでとう。いまお茶をいれるから」

おけいがばたばたと動いた。

「どうかよろしゅうに、おかみさん」

おようはていねいに頭を下げた。

髷に挿した桜のつまみかんざしも揺れる。

「こちらこそ」

おちよは笑顔で答えた。

「千吉とのどか屋をよろしくね、若おかみ」

そう言うと、若おかみと呼ばれた娘は顔を上げてにっこり笑った。

二

あたたかいお茶を呑んだおようは、ほっと一つ息をついた。

「なんだか、わたしまで心の臓がきやきやしちゃって」

おちよが胸に手をやった。

「すみません、おかみさん」

おようは頭を下げた。

「おようちゃんが謝ることはないわ。でも、よく受けてくれたわね」

おちよは笑みを浮かべた。

「お話があるかな、あればいいな、と思ってたので」

おようはちらりと千吉のほうを見ると、また少しお茶を呑んだ。

「あればいいな、と」

おちよがうなずく。

「じゃあ、初めから受ける気だったのね」

おけいがたずねた。

「はい」

おようはすぐさま答えた。

「十年先も、ずっとのどか屋で若おかみと呼ばれているような気がしてたんだって、おようちゃん」

千吉が伝えた。

「十年先も……じゃあ、わたしはあと十年の寿命はあるわね」

おちよはそう言って笑った。

「もっと長生きしてくださらなきゃ困りますよ」

おけいが言う。

「とにかく、これからいろいろなところに知らせなくちゃね」

おちよは千吉に言った。

「紅葉屋には帰ったら伝えるし、明日の朝は長吉屋で修業だから」

千吉は答えた。

まだ客が入らない朝のうちは、さまざまな仕込みがある。長吉から事細かに段取りを教わることもできるから、ずいぶんと実になっていた。

「じゃあ、ご隠居さんたちにも追い追い伝わるわね」

と、おちよ。

「帰ったら、縁談をお断りすると伝えます」

おようは薄紙が剝がれたような表情で言った。

「悪いわね。先様によくよく言っておいて」

おちよが申し訳なさそうに言う。

「はい」

おようは笑顔でうなずいた。

「じゃあ、そろそろのれんを出すわね」

おちよが言った。

「承知で」

厨から、千吉がいい声で答えた。

三

「そうかい。若おかみになるのかい」

元締めの信兵衛が声をあげた。

「はい。よろしゅうお願いいたします」

おようはぺこりと頭を下げた。

「なら、ほうぼうへ触れ回ってこないとね。幟《のぼり》でも持って町を歩きたいくらいだよ」

元締めは妙な身ぶりをまじえた。

「『のどか屋の二代目、ついに嫁取り』とか書いてあるんでしょうか」

おちよがおかしそうに言った。

「はは、それは戯れ言だがね。いつごろ祝言だい。ここを貸し切って、派手にやらないとね」

信兵衛は先走って言った。

「それはべつに急ぐことじゃないので、まずはいいなずけになったということで根回しだけしておかないと」

おちよは慎重に言った。

「そうだね。そりゃそうだ」

元締めはやっと落ち着いた顔つきになった。

「とりあえず、おとっつぁんとこへ知らせないといけないんですが」

おちよはそれとなく水を向けた。

「ああ、それならわたしが知らせてくるよ」

信兵衛が快く請け合った。

「よしなにお願いします、元締めさん。明日の朝は修業なので大師匠のところへ顔を出しますから」

千吉が言った。

「お安い御用だよ。それなら、おようちゃんののどか屋番の日を増やすようにしないとね。何と言っても、若おかみなんだから」

と、元締め。

「はい、修業しないと」

おようが笑みを浮かべた。

「わたしもとうとう大おかみね」

おちよが感慨深げに言った。

「なら、そろそろ呼び込みを、若おかみ」

おけいが声をかけた。

「はい、まいりましょう」

おようがすぐさま言った。

「だったら、一緒に出るよ」

信兵衛も腰を上げた。

四

おようとおけいが呼び込みに出ているあいだに、千吉にいいなずけができた話を広めるのにはうってつけの客が来てくれた。

岩本町の御神酒徳利だ。

「そりゃあ、番台で触れ回るぜ」

寅次が満面の笑みで言った。

「いや、触れ回らなくても」

千吉があわてて言った。

「おいらだって、売り声をあげてやらあ。『千吉ィ、嫁取りィ』ってよ」

富八も戯れ言を飛ばす。

「『小菊《こぎく》』にはさっそく帰りに伝えてくらあ。みな喜ぶぜ」

湯屋のあるじが言う。

「お願いします。伝えにいく手間が省けます」

おちよが頭を下げた。

「はい、できました、二幕目の初肴」

千吉が言った。

「気が入《はい》ってるな、二代目」

「そりゃ、いいなずけができたんだからよ」

岩本町組は上機嫌だ。

「お待たせいたしました。寒鰈《かんがれい》の三種盛りでございます」

おちよが皿を運ぶ。

「野菜の三種煮はおっつけお出ししますんで」

野菜の棒手振りに向かって、千吉が言った。

「おう、そう来なくちゃ」

富八がすぐさま答えた。

「鰈の身と縁側と肝《きも》の三種か。渋いじゃねえか」

皿を見て、寅次が言う。

「肝から食うか」

富八が箸を伸ばした。

塩を振ってしばらく置き、茹でてから水に落とし、水気を取って切る。ちゃんと下ごしらえをすればうま味だけが残る。

「うめえな」

土佐醤油につけた刺身を食すなり、寅次が言った。

「この腕がありゃ、繁盛間違いなしだぜ、二代目」

富八が太鼓判を捺す。

「ありがたく存じます。これからもいい野菜を届けてくださいまし」

千吉は如才なく言った。

「おう、まかしときな」

野菜の棒手振りは、二の腕を力強くたたいた。

五

ややあって、おけいとおようが二組の客を案内してきた。

行徳《ぎようとく》から塩のあきないに来た二人組と、講《こう》を組んで江戸見物に来た相州《そうしゆう》寒川《さむかわ》の三人組だ。のどか屋は急ににぎやかになった。

おちよも手を貸して荷を運んだあと、万年同心もふらりと姿を現した。

ここぞとばかりに、岩本町の御神酒徳利が千吉とおようの話を伝える。

「そうかい。めでてえじゃねえか」

万年同心は笑みを浮かべた。

「ありがとう、平ちゃん」

千吉が気安く言う。

「で、いつから若おかみだい」

万年同心は二階から戻ってきたおようにたずねた。

「しばらくはいいなずけで、修業させていただこうと」

おようはいくらかほおを染めて答えた。

「若おかみの修業だな？」

「はい」

およううなずいた。

「いい若おかみになるぜ」

「場がぱっと明るくなるからよ」

岩本町の二人が言った。

ここで野菜の三種煮が出た。

金時人参と大根と里芋。素朴な三種の野菜の煮物だ。

「色合いがいいな」

見るなり、万年同心が言った。

「それぞれに下茹でをしてから煮合わせてるので」

千吉が言う。

「おう、ほっこりと煮えてる」

寅次がまず声をあげた。

「おいらの運んできた野菜だ。江戸一の煮物だぜ」

富八が表情を崩した。

「こういう素朴な煮物にゃ、つくり手の人柄がにじみ出るもんだ。いい味、出してるじゃねえか」

味にうるさい万年同心が笑みを浮かべた。

「平ちゃんに言われると嬉しい」

千吉も満面の笑みだ。

「いい亭主を見つけたな」

万年同心は、今度はおように言った。

「……はい」

少し恥ずかしげに、おようはうなずいた。

六

江戸見物の三人組が岩本町の湯屋へ行くと言うので、みなで送り出した。それをしおに、おようも今日は上がりになった。

「じゃあ、気をつけて」

おちよが右手を挙げた。

「みなさんによろしく」

千吉もいい声を響かせる。

「はい。伝えてきます」

おようは笑顔で答えた。

「おれも町で知った顔に会ったら伝えとくからよ」

万年同心はそう言うと、見廻りの続きに出て行った。

「よろしゅうお願いいたします」

おちよが頭を下げた。

そんな按配でのどか屋を後にすると、おようは両国橋に向かった。いつもより速足になった。少し息が切れたから、橋の中途で休んで大川の流れに目をやった。光を弾く水のたたずまいが、ことに美しく感じられた。

「ただいま」

本所へ戻ると、母のおせいと義父の大三郎はつまみかんざしづくりにいそしんでいた。弟の儀助はどこかへ遊びに行ったようだ。

「ああ、お帰り」

おせいが手を止めた。

「決めてきた」

おようはまずそう言った。

「何をだい？」

大三郎が顔を上げた。

「あの……縁談、お断りします。ごめんなさい」

おようは頭を下げた。

「何を決めたんだ？」

義父は手を止めて問うた。

「今日、のどか屋さんの跡取り息子の千吉さんから言われたんです。のどか屋の若おかみになって、と」

おようの顔がまたほんのりと赤く染まった。

「ほんと？」

おせいは居住まいをただした。

「そりゃあ、嫁になれってことか」

大三郎はつばを呑みこんだ。

「はい」

おようがうなずく。

「それで……おまえはいいと言ったんだね？」

おせいは念を押すように訊いた。

おようはもう一度うなずいた。

「みなさん、おめでとうと言ってくださって……」

そこで声が詰まった。

「なら、つまみかんざしのほうの話はわびを入れておこう」

大三郎は居住まいを正して言った。

「相済みません」

涙目のまま、おようは言った。

「なに、向こうもほっとするかもしれねえ」

義父は笑みを浮かべた。

「じゃあ、改めてごあいさつにうかがわないと」

おせいが言った。

「おれも行くぜ。明日にでも行こう」

大三郎はそう言って、両手を打ち合わせた。

「儀助も餡巻きが気に入ったみたいだし」

と、おせい。

「ただ、明日は千吉さんはのどか屋には来ないかと」

おようが小首をかしげた。

「ひとまず親御さんにあいさつして、どんな見世か見ておかねえとな」

大三郎が言った。

「嫁入りは急ぐ話じゃないんだろう?」

おせいが訊く。

「うん、しばらくはいいなずけで、段取りをだんだん整えてっていう話で」

おようが答えた。

「なら、ぼちぼちやっていきゃあいいさ。とりあえず、こっちはあとで親方にわびを入れてくる」

大三郎が言った。

「菓子折を忘れずにね、おまえさん」

おせいがクギを刺す。

「おう」

つまみかんざしの親方は渋く笑った。

七

長吉屋では、時吉による指南が始まっていた。

「鯖の味噌煮というのは格別珍しくもなんともない料理だが、そういうものにこそ料理人の上手《うま》い下手《へた》が出る」

時吉は手を動かしながら講釈した。

若い弟子たちが身を乗り出すようにして見ていた。いちばん年若の丈吉はまだ背丈が足りないので、台に乗っている。どの料理人も真剣なまなざしだ。

「鯖は霜降りにしてやると臭みが取れて余分な脂《あぶら》も落ちる。ただし、じかに湯をかけたりしたら皮がむけて台無しだ。そこで……」

時吉は落とし蓋を取り出した。

「この上から湯をかけるようにすれば、鯖を傷めずに済む」

手本を見せると、若い弟子たちはいくたびもうなずきながら見ていた。

「味つけはまだあとだ。水と酒に針生姜を入れて煮て、ていねいにあくを取ってやる。それから味醂と赤味噌を入れれば、上品ないい仕上がりになる」

時吉はそう指南した。

「よし、やってみろ」

身ぶりをまじえてうながす。

「はい」

「承知で」

若い料理人たちは気の入った返事をした。

丈吉が台から飛び下り、腕まくりをした。入ったころよりはずいぶんと面構《つらがま》えが良くなってきた。

そんな按配でひとわたり指南を終えて戻ると、一枚板の席に元締めの信兵衛が来ていた。鶴屋の与兵衛の顔もある。

「おう、めでてえ話を聞いたぜ」

厨の長吉が満面の笑みで言った。

「わたしが伝えに来たんだよ」

信兵衛が軽く胸をたたいた。

「すると、千吉に？」

時吉が問うた。

「察しがいいじゃねか」

と、長吉。

「ちよといろいろ話をしていたもので」

時吉はそう言って元締めの顔を見た。

「一段落したらご隠居さんにも伝えに行くんだがね」

信兵衛はそう前置きして猪口を置いた。

「のどか屋の二代目さんが、とうとう嫁をもらおうと心を決めたらしく、今日の昼過ぎに、若おかみにその旨を申し出たってわけだ。こりゃめでたいね」

元締めは破顔一笑《はがんいっしょう》した。

「さようですか。もちろん、おようちゃんに、ですね？」

時吉は念を押すようにたずねた。

「ああ、そうだよ。ひとまずはいいなずけってことで、あとは追い追い段取りを整えてという話だった」

信兵衛は答えた。

「そのうち三代目ができるぜ」

鱚《きす》の昆布じめを仕上げながら、長吉が言った。

身が淡泊な魚は、昆布じめにしてやると味がぴりっと締まる。

「それは気の早いことを」

与兵衛が笑みを浮かべた。

鶴屋の隠居はこれから紅葉屋へ向かい、千吉が戻る前にお登勢に伝えてくるという話だった。

「何にせよ……」

時吉は少し思案してから続けた。

「あいつも大きな峠を越えたのかもしれませんね」

のどか屋のあるじはしみじみと言った。

「そうだ。人生にはいくつか、越えなきゃいけねえ峠があらあな。千吉は今日、その一つを越えやがった。ほめてやってくんな」

古参の料理人は情のこもった声をかけた。

「承知しました」

時吉は張りのある声で答えた。

八

急いでのどか屋へ戻る途中で、ちょうど町場の見廻りをしていたよ組の火消し衆に出会った。

「おお、のどか屋さん、万年の旦那から聞いたぜ」

かしらの竹一が右手を挙げた。

「おめでてえこって」

纏持ちの梅次も和す。

「おめでとうさんで」

「おめでとうさんで」

若い衆の威勢のいい声がそろった。

道行く者が、何事ならんと振り向く。

「ありがたく存じます。これから帰るところで」

時吉は言った。

「なんだか大張り切りだったぜ」

かしらが笑みを浮かべた。

「そりゃ、張り合いが出るから」

と、梅次。

「また千坊がいるときにみなで行くからよ」

竹一は歯切れ良く言った。

「お待ちしております。せがれも喜びます」

時吉は腰を低くして答えた。

万年同心が伝えてくれたのは、よ組の火消し衆だけではなかった。

のどか屋に戻ると、力屋の信五郎が一枚板の席に座っていた。万年同心はわざわざのれんをくぐって伝えてくれたらしい。

「お疲れだったな」

時吉は千吉の労をねぎらった。

「まあ、なんとか」

千吉は少しはにかんで答えた。

「これから、ぼちぼちだな」

時吉はややあいまいなことを言った。

「元締めさんは、おようちゃんののどか屋番を増やしてくれるそうですよ」

おちよが伝えた。

「わたしもこっちに来る日を増やそうかと」

と、千吉。

「紅葉屋の厨もあるんだから、よくよく相談しないといけないよ」

時吉はクギを刺した。

「はい、そうします」

千吉は殊勝《しゅしょう》に答えた。

「何にせよ、万々歳だね。気立てが良くて明るくてかわいい若おかみで、言うことがないよ」

力屋のあるじが笑みを浮かべた。

「大事にしないとね」

おちよが言った。

「それはもう」

千吉の言葉に力がこもった。

そのとき、表に駕籠が止まった。

「だれかしら。ご隠居さん？」

おちよが出迎える。

駕籠から下りてきたのは季川ではなかった。

長吉だった。

九

「どうしても千吉の顔を見たくなってな」

古参の料理人はそう言って笑った。

「ありがたく存じます」

千吉が頭を下げた。

「それに、一つ相談がある」

一枚板の席に腰を下ろしてから、長吉は続けた。

「おようがいいなずけになったからにゃ、おめえものどか屋にもうちっと詰めてえところだろう」

「それはもう、できることなら」

千吉が身を乗り出した。

「代わりは丈吉が？」

時吉が問うた。

「おう。紅葉屋へ戻すんなら、もとの丈助でいいけどな」

長吉は答えた。

「餡巻きはしっかり教えるから」

千吉が白い歯を見せた。

「紅葉屋はお登勢がしっかりしてるし、ここんとこは将棋道場か甘味処か分かんねえような按配になってるからな。丈吉、いや、丈助が花板もどきでもつとまるだろうよ。厨に踏み台を置かなきゃ、まだ背が届かねえけどよ」

長吉は身ぶりをまじえた。

「千吉だって背丈が足りなかったんだから、あっと言う間よ、おとっつぁん」

おちよが言った。

「では、のどか屋の厨は二枚看板でいくわけですか」

力屋のあるじがたずねた。

「どういたしましょう、師匠」

時吉が長吉の顔を見た。

「おめえだったら、毎日ここからうちへ通っても屁《へ》でもねえな」

と、長吉。

「それは若い頃から鍛えていますから」

時吉は涼しい顔で言った。

武家だった頃に禄《ろく》を食《は》んでいた大和梨川《やまとなしがわ》は盆地で、城が高台にあってどこからでも険しい坂を上らねばならない。その急坂を思い切り駆け上るような厳しい鍛錬をしていたから、まだまだ人よりよほど健脚だ。

「なら、来年あたりから通いで指南と花板をやってくんな。ほかのもんにはおれから言っておくから」

長吉は言った。

「承知しました。住み込みならともかく、通いでしたら」

時吉は承諾した。

「おとっつぁんはどうするの？」

おちよが訊く。

「おれは隠居だよ」

長吉はにやりと笑った。

「そんな、静かに隠居してるような性分《しょうぶん》じゃないと思うけど」

おちよがすかさず言った。

「はは、ばれたか」

長吉はちょっと髷に手をやってから続けた。

「前から思案していたんだが、日の本じゅうに散らばってる弟子のもとを一人ずつたずねて行こうと思ってる。ついでに神社仏閣も巡ってな」

「お弟子さんはびっくりするわね」

と、おちよ。

「按配よくやってるんならいいが、そうじゃなければ活を入れてやらなきゃな。幸い、良庵さんの療治で腰も楽になったことだし、身が動くうちに弟子たちの面《つら》を見がてら見世を廻ってやりてえ」

長吉は感慨をこめて言った。

「長吉屋の留守はわたしが守りますので」

時吉はきっぱりと言った。

「わたしは行かなくていいの？」

おちよが訊く。

「おめえはのどか屋の大おかみじゃねえか。おめえまでうちに来たら、後に残された若夫婦が大変だぞ」

長吉はすかさず言った。

「ああ、それもそうね」

おちよは得心のいった顔つきになった。

「なら、そろそろ紅葉屋へ戻らないと」

千吉が言った。

「鶴屋のご隠居には伝えておいた。まだ見世にいるかもしれねえぞ」

長吉が伝えた。

「さようですか。なら、急いで戻ります」

千吉は帰り支度を始めた。

「明日の朝はうちで修業だぞ」

と、長吉。

「気を入れてやりますんで」

千吉はそう言って、帯をぽんとたたいた。

十

長吉が言ったとおり、鶴屋の与兵衛はまだ紅葉屋にいた。

「おお、若旦那のお帰りだね」

与兵衛は笑みを浮かべた。

「このたびは、おめでたいことで」

いくらか改まった口調で、お登勢が言った。

「ありがたく存じます。今日は……長かったです」

千吉はそう言って息をついた。

「人生でいちばん長い日だったかもしれないね」

与兵衛が言った。

「ゆっくり休んでくださいな」

と、お登勢。

「はい。でも、その前に仕込みをしないと」

千吉はさっそく厨に入った。おいしい餡巻きをつくるには、まず餡の仕込みからだ。小豆を水につけるところから始まる。

「頼もしいね」

与兵衛が笑みを浮かべた。

「丈助の教えをお願いね」

やさしい声で、お登勢が言った。

「はいっ」

千吉はひときわいい声で答えた。

仕込みを終えた千吉は、近くの湯屋へ行った。いままでいちばん気持ちのいいお湯だった。だいぶ疲れてはいたが、明日からまたやるぞという気があふれてきた。

そのまますぐ長屋へ帰る気はしなかった。いい月も出ている。千吉は少し遠回りをして戻ることにした。

風が出てきた。冷たい風だが、寒くはなかった。

千吉は月を見た。
その少しうるんだ月のなかに、おようの笑顔が浮かんだ。
今日の月を、この先もずっと忘れないだろう。
千吉はそう思った。

第十章　蓮根《れんこん》しあわせ揚げ

一

翌《あく》る日の昼下がり――。

「お泊まりは朝の豆腐飯ののどか屋へ」

いい声を響かせたのはおようだった。

「二階の見晴らしがよろしいですよ」

いくらか離れたところで、おけいも声をあげる。

のどか屋の旅籠の呼び込みだ。近くには大松屋の跡取り息子の升造の姿もあった。

幼なじみの千吉にいいなずけができたことを知って、升造はまるでわがことのように喜んでいた。

「のどか屋のお泊まり、いかがですかー」

　おようが明るく声をかける。

　そこへ、三人の親子が近づいてきた。

客かと思ったが、違った。おようのほうへ歩み寄ってきたのは、おせいと大三郎、
　それに弟の儀助だった。

「お姉ちゃーん」

　儀助が駆け寄る。

「のどか屋へ行くの？」

　おようがたずねた。

「うん。餡巻き食べに」

　儀助は笑顔で答えた。

「これからあいさつにな」

　大三郎は菓子折とおぼしい風呂敷包みをかざした。

「あとでお客さんをつれて来て」

　おせいが言った。

「うん、分かった」

　おようがうなずく。

　髷に挿した藤のつまみかんざしがふるりと揺れる。おせいは深めの紫を好むが、今日のおようの藤は明るい色だ。

　おようと別れた三人は、繁華な両国橋の西詰から横山町へ向かった。

「だいぶ気が張ってきたな」

　大三郎が胸に手をやった。

「大丈夫よ、おまえさん。のどか屋のみなさんは、お客さんもそうだけどみなやさしいから」

　おせいが笑みを浮かべた。

「あっ、猫だ」

　儀助が前を指さした。

「のどか屋の猫さんかもしれないわね」

　おせいが言う。

　近づいてみると、ふさふさのたてがみが立派な小太郎だった。

「うみゃ」

　ひときわ大きな猫は、こっちだよとばかりに歩いていった。

その行く手に、「の」と染め抜かれたのれんが見えてきた。

二

「このたびは、せがれのことで世話をかけました」

時吉が頭を下げた。

「こちらこそ、末永くよしなに」

大三郎が礼を返す。

あいさつが終わり、いま親子が小上がりの座敷に座ったところだ。

ただし、儀助はべそをかきそうな顔つきだった。餡巻きを楽しみにしてきたのに、今日はできないと言われてしまったからだ。

千吉が厨に入る日は、餡巻きを目当てのわらべたちも来るから餡を炊くが、平生《へいぜい》は甘味処ではないから炊かない。甘いものに目がないあんみつ隠密も、荷抜けの取り調べでしばらく江戸を留守にしている。支度をしても、餡が余ったら困る。

「甘い玉子焼きをつくってあげるからね」

おちよがなだめる。

「餡巻きがいい」

儀助がぐずった。

「ないものは仕方ねえだろう？」

「わがまま言うんじゃないの」

両親から叱られた儀助はいまにも泣きそうだ。

そこへ、おようとおけいが客をつれて帰ってきた。

「餡巻きができないからって文句言ってるの、この子」

おせいがおように告げた。

「だったら、上野黒門町まで歩く？　千吉さんのお見世なら出るよ」

おようは弟に言った。

「うん」

江戸の地理が分かっていない儀助がすぐさまうなずいた。

「ここからだと結構歩くぜ」

大三郎が言う。

「でも、千吉さんが花板をつとめている紅葉屋のおかみさんにもごあいさつしておかないと」

およう　が言った。

「なら、みなでゆっくり行ったら？」

おちよが水を向けた。

「よし、そうしよう」

大三郎が手を打ち合わせた。

「じゃあ、とにかくお客さんのお世話があるから」

おようはあわただしく支度を始めた。

二階の客へお茶を運ばなければならない。

「なら、玉子焼きはいかがいたしましょう」

時吉が厨から問うた。

「それはそれで頂戴できればと」

と、おせい。

「何か食わせれば機嫌も直りますんで」

大三郎も和した。

「ここで玉子焼き、紅葉屋さんで餡巻きね」

おせいが念を押すように言った。

「うん」

儀助はまたうなずいた。

ほどなく、玉子焼きができた。

「わらべ向きの甘いのと、大人向けの甘さ控えめのもの、玉子焼き二種の盛り合わせでございます」

おちよが皿を運んだ。

大根おろしがついているほうが大人向けだ。

「よし、食え」

大三郎が手でうながした。

そのうち、おようも戻ってきた。

「おいしい？」

玉子焼きを口にした弟に向かって問う。

「うん」

べそをかきそうだったわらべは、急に笑顔になった。

「大人向けもうめえ」

大三郎の顔もほころぶ。

「ほんと、胃の腑にどんどん入る味ね」

おせいが言う。

玉子焼き二種の盛り合わせは、あっと言う間になくなった。

三

「そこで巻いて、わっとひっくり返して」

千吉が言った。

「早くしないと焦げちゃうわよ」

お登勢も言う。

「うん」

丈助は意を決したように平たいへらを動かした。

「うーん、惜しい」

千吉がうなった。

「ちょっと巻きが足りなかったわね」

お登勢が言う。

「やってるうちに腕は上がるさ」

見守っていた隠居の与兵衛が笑みを浮かべた。

紅葉屋の昼下がりだ。

跡取り息子の丈助は、一日おきに紅葉屋に来ることになった。

来年からはお登勢を助けてずっと厨に立つことになる。田楽と蒲焼きなどは年季の入った母から追い追い教わるとして、もう一つの売り物の餡巻きのこつは会得しておかなければならない。

「なら、もう一度」

丈助が言った。

しくじりは売り物にできないから、丈助が稽古したものはあとでみなで食べることになっている。

水で溶いた粉を平たい鍋の上で広げ、火が通ってきたところで餡を手早く置き、大小二つのへらを器用に操って巻いて焼きあげる。ひとたびこつを覚えれば続けて焼けるが、慣れぬうちはなかなかに大変だ。

「前のよりいいよ」

餡巻きの出来を見て、千吉が言った。

まだもう一つだが、おのれも初めのうちはしくじり続きだった。

「じゃあ、お茶にしましょう」

お登勢が言った。

「うん」

少しほっとしたように、丈助が答えた。

「ほうぼうで祝ってもらってるだろう？」

与兵衛が千吉に言った。

「はい。長吉屋の仲間とか、なじみの屋台のお蕎麦屋さんとか」

千吉は答えた。

昨日は信吉と寅吉、仲良し三人組で留蔵の屋台に行った。前に行ったときは相談事を切り出せず、ずいぶんとあいまいな顔つきをしていた千吉だが、打って変わって晴れやかだった。

「日和屋さんにも行ったんでしょう？」

お登勢が言う。

「ええ。みなびっくりしてました」

千吉は笑顔で答えた。

あるじの子之助も、おかみのおこんも、心から祝福してくれた。

「しくじりでもおいしい……はふはふ」

丈助が餡巻きを食しながら言う。

「餡の炊き方も教わらないとね」

お登勢が言った。

跡取り息子がこくりとうなずいた。

そのとき、のれんが開いて人が続けて入ってきた。

「あっ、おようちゃん」

千吉が目をまるくした。

「みんな、つれてきた」

おようが笑顔で言った。

紅葉屋に姿を現したのは、いいなずけのおようとその家族だった。

四

「まあ、お似合いの若夫婦になりそうね。おめでたいことで」

お登勢が笑顔で言った。

あいさつが終わり、千吉が儀助に餡巻きを出したところだ。

いざ歩いてみると遠いからまたべそをかきそうだったわらべだが、餡巻きが出ると急に機嫌が直った。

「二代目ものどか屋は繁盛間違いなしだ」

与兵衛が太鼓判を捺した。

「若い二人で力を合わせてくじけずにやっていけば、お客さんはきっとついてきてくれるから」

お登勢がおように言った。

「はい、大おかみも一緒なので」

おようが笑みを浮かべる。

その後は、お登勢が時吉と戦った味くらべの昔話を披露した。およう の一家はみな興味深げに聞いていた。

「坊のおっかさんは凄腕《すごうで》の料理人なんだな」

大三郎が丈助に言った。

「うん」

丈助は自慢げにうなずいた。

「なら、その自慢の料理も食いてえな」

大三郎が言った。

「蒲焼きと田楽がうちの看板で」

お登勢が言った。

「両方くんな」

つまみかんざしづくりの親方は笑みを浮かべた。

「では、わたしも」

おせいも言う。

「ご隠居さんは?」

お登勢が与兵衛にたずねた。

「昨日いただいたばかりだからね。今日はお客さんに」

鶴屋の隠居は手で示した。

「じゃあ、田楽はわたしが」

千吉が手を挙げた。

「ちゃんと見とくのよ、丈助」

お登勢が言った。

「はい」

跡取り息子の顔で、丈助は答えた。

ほどなく、紅葉屋にいい香りが漂いはじめた。

鰻の蒲焼きに豆腐田楽。二つの看板料理がきびすを接して仕上がり、一枚板の席に出された。

「こりゃあ、うめえ」

蒲焼きを食した大三郎がうなった。

お登勢の父の代から、毎日注ぎ足しながら使ってきた秘伝のたれで焼く蒲焼きだ。これがまずかろうはずがない。

「田楽もおいしい」

おせいも声をあげる。

「ちょっとだけ焦がすのが勘どころなのよね、千吉さん」

おようが言った。

「そう。焦がしすぎても駄目だから」

千吉が胸を張った。

「今年のうちに覚えないとね、丈助」

お登勢が跡取り息子に言った。

「うん、覚える」

丈助は引き締まった顔つきで答えた。

五

次の巳の日——。

のどか屋は七つ（午後四時）ごろから大入りになった。

一枚板の席には、この日は一階の部屋に泊まる隠居の季川、療治を終えた良庵とおかね、元締めの信兵衛が陣取っていた。一方の小上がりの座敷は千吉を祝いに来たよ組の火消し衆で一杯だ。

「今日は若おかみはいねえのかい」

纏持ちの梅次が言った。

「相済みません。まだ本所で暮らしているもので」

千吉が答えた。

「明日は中食から来ますので」

　おちよも言う。

「来年からはどうするんだ？　旅籠の部屋を一つつぶすのかい」

　かしらの竹一が問うた。

「それはちょっともったいないので」

　おちよが答えた。

「近場の長屋に部屋を見つけてくださるそうです」

　千吉が元締めを手で示した。

「まあ任せておきな」

　信兵衛が笑みを浮かべた。

「わたくしにもいい療治部屋を見つけてくださったので」

　良庵が言った。

「いまは順番待ちがずいぶんできるほどだからね」

　隠居が言う。

「ほんに、ありがたいことで」

　おかねがどこへともなく頭を下げた。

「なら、のどか屋へは通いだな」

梅次が言った。

「うちの人は長吉屋へ通いになります」

と、おちよ。

「大師匠はどうするんだい」

竹一が問うた。

「諸国に散らばっている弟子のところを回るそうだよ」

隠居が伝えた。

「へえ、そりゃいいや」

「ちゃんとやってなかったら雷が落ちそうだな」

「おっかねえこった」

火消し衆がさえずった。

ここで、千吉がつくっていた鍋ができあがった。

「わたしじゃなくて師匠が考案したんですが、禅《ぜん》鍋でございます」

千吉が言った。

「膳鍋？」

竹一がけげんそうな顔つきになった。

「座禅を組む禅のほうで」

おちよが言い添える。

薄めのだしで煮てあるのは、円《まる》いかたちの蕎麦がきと、三角に切った厚揚げと豆腐だった。

煮えたところですくい、薬味を添えた酢醤油で食す。

「何で禅なんだ？」

「さっぱり分からねえぞ」

火消し衆から声があがった。

「偉い禅のお坊さまが、○△□、という書《しょ》を遺《のこ》されたそうなんです。その三つのかたちで世の中のすべての成り立ちを示しているのだとか」

おちよは時吉から聞いた講釈を伝えた。

「へえ、それをかたどってるのか」

「なんだか分からねえが、ありがてえな」

「お、蕎麦がきがあったかくてうめえ」

火消し衆の箸が次々に伸びた。

「こりゃあ、体の芯からあったまるねえ」

隠居がうなった。

「寒い時分にはこういう料理がありがたいよ」

元締めも笑みを浮かべた。

「二代目の幸せのお裾分けをもらったみてえだな」

梅次が言った。

「あやかりてえもんだ」

「あったかさが伝わってくるぜ」

火消し衆の声を聞いて、千吉は照れくさそうに髷にちょっと手をやった。

六

翌朝――。

千吉は気張って豆腐飯の膳をつくっていた。

「お、気合が入ってるな」

「何かあったのかい」

久々に朝の豆腐飯まで食べに来た大工衆が問うた。

「はは、おめでたいことがあったんだよ」

隠居が笑みを浮かべた。

「何でえ、めでてえことって」

棟梁が千吉にたずねた。

「実は、わたしにいいなずけができたんです。来年からのどか屋の若おかみになりますので」

千吉はうれしそうに答えた。

「えっ、二代目に嫁が」

「そりゃめでてえな」

「めでてえを通り越してるぜ」

「通り越してどうするよ」

大工衆はさらににぎやかになった。

「もう心配なくらいの張り切りようで」

と、おちよ。

「若おかみは、ほとんどのどか屋番になっておりますので、中食も二幕目もどうかよしなに」

時吉が如才なく言った。

「わたしは午の日に加えて子《ね》の日もおります」

千吉も言う。

「おう、なら次の祝いごとはのどか屋だ」

棟梁が言った。

「何の祝いごとにしますかい」

「そりゃ、この際何だっていいや」

「なら、うちの猫が子を産んだんで」

大工の一人が手を挙げた。

「おう、その祝いでいいぞ」

棟梁がそう言ったから、朝ののどか屋に笑いがわいた。

「中食に若おかみは来るんだな？」

大工の一人が千吉にたずねた。

「はい、参ります」

千吉はすぐさま答えた。

「おう、なら普請場《ふしんば》が近えからまた来るか」

棟梁が言った。

「そうですな。中食は何だい」

「蓮根のはさみ揚げの膳にするつもりです」

二代目が答えた。

「こうやって合わせるのかい」

大工の一人が妙な手つきをした。

「手のしわとしわを合わせてしあわせ、ってやつだな」

棟梁が地口《じぐち》を飛ばした。

「あ、それ、いただきます」

おちよがすぐさま言った。

「蓮根のしあわせ揚げか」

時吉が料理の名を口に出した。

　蓮根の穴ふさがるるしあはせよ

季川がやにわに発句を唱え、おちよの顔を見た。

「相変わらずですねえ、師匠」

そう言いながらも、おちよは少し思案しただけで脇句を付けた。

小鉢も椀も円《まる》きかたちに

「じゃあ、円い小鉢に香の物を盛りましょう」

千吉が笑顔で言った。

「決まったね」

隠居の白い眉がやんわりと下がった。

七

のどか屋の前に貼り紙が出た。

けふの中食

蓮根しあはせ揚げ膳
小ばち　みそ汁つき
四十文　三十食かぎり

朝の大工衆はさっそく普請場から来てくれた。

「おれらはしあわせ揚げが何か知ってるからな」

「だがよ、何をはさむのか聞いてなかったぞ」

「あ、そうか」

「まあ、食ってみりゃ分かるさ」

見世の前でわいわい言っていたところへ、おちよとおようが姿を現した。

「お待たせいたしました」

「ただいまから中食を始めさせていただきます」

のどか屋の前でいい声が響いた。

「おめえさんが若おかみかい」

「かわいくて似合いじゃねえかよ」

「でかしたな、二代目」

口々に言いながら座敷に上がる。

少し遅れて、なじみの左官衆ものれんをくぐってくれた。のどか屋はたちまち一杯になった。

「ご飯と味噌汁をお願い」

揚げ物にかかりきりの千吉が声を発した。

「はい、ただいま」

おようが動いた。

ちょうどいま膳を運び終えたところだ。手が空いた者が手伝えばその分うまく回る。

「おっ、海老のすり身が入《へえ》ってるのかい」

「こりゃうめえ」

「蓮根がこりこりしててうめえぞ」

評判は上々だった。

「うまいが、なにゆえにしあわせ揚げなのだ?」

たまに来る武家がおちよにたずねた。

「うちの跡取りが、来年あの子と一緒になることになりましたもので」

おちよは厨で手を動かしているおようのほうを指さした。

今日のつまみかんざしはふくら雀《すずめ》だ。後ろを向くとかわいい雀が見える。

「そうか。それはめでたいな」

武家は白い歯を見せた。

「はい、しあわせ揚げ膳、お待たせいたしました」

おようが膳を運んでいった。

途中で猫が足もとをちょろちょろしたが、もう同じしくじりはしない。

「若おかみの声を聞くだけで食ったような気になるな」

「なら、おめえはそのまま帰んな」

「そんな殺生《せっしょう》な。食うぜ」

客のやり取りを聞いて、おようはまた屈託《くったく》のない笑い声を響かせた。

「いらっしゃいまし」

「お相席でどうぞ」

おちよとおけいが身ぶりをまじえて案内する。

「残り五膳！」

千吉が厨から叫んだ。

「はいよ」

「そろそろ打ち止めで」

女たちがばたばたと動いた。

そんな按配で、中食の三十食はあっと言う間に売り切れた。

「毎度ありがたく存じました」

おようが元気よく頭を下げた。

「ありがたく存じました」

千吉も厨から一礼する。

「おう、うまかったぜ」

「幸せのお裾分けをもらって、ありがてえこった」

「また来るぜ」

客たちは上機嫌でのどか屋を出ていった。

女たちは後ろ姿をありがたく見送った。

「のれんをしまってみて」

客の姿が見えなくなってから、おちよがおように言った。

「はい」

おようは初めて「の」と染め抜かれたのれんを手に取った。

「画《え》になるわ、若おかみ」

おちよが言う。

のれんを手に持ったまま、おようはにっこりと笑った。

終章　笑顔の細工《さいく》寿司

一

物事はうまくつらなるものだ。千吉とおように続いて、もう一つ、来年からの門出が決まった。

「なら、見世びらきの前から修業だよ。いいね?」

おけいが言った。

相手は息子の善松だった。来年で十二歳だから、ずいぶん背丈が伸びた。

「うん」

善松はやや硬い顔つきで答えた。

のどか屋の小上がりの座敷だ。厨は千吉ではなく、時吉が受け持っている。一枚板の席に並んで座っているのは、元締めの信兵衛と大松屋のあるじの升太郎《ますたろう》だった。

「修業と言っても、そんなに厳しいものじゃないからね」

そう言ったのは、おそめだ。

「みなで助け合って気張っていくつもりだから」

そのつれあいの多助が笑みを浮かべた。

「どうかよしなにお願いいたします。まだまだ分からないことがたくさんあると思いますので」

おけいが頭を下げた。

「よしなに」

善松が和す。

「お願いします、をつけるの」

おけいが母の顔でとがめた。

「よしなにお願いします」

善松は素直に言い直した。

「こちらこそ、よしなにね」

多助が白い歯を見せた。

はのれん分けをすることになっている。問屋ではなく小間物をあきなう見世で、屋号は同じ美濃屋だ。

多助とおそめばかりでなく、若い手代を一人雇って、じっくりと育てながら見世を切り盛りしていくという絵図面だった。だれかいい人はいないかと、かねてよりおそめは言っていたものだが、意外なところにいた。

おけいの息子の善松だ。

そろそろどこぞで修業をさせようかと思案したところへ、多助ののれん分けの話を聞いた。善松は小間物屋で品を見るのが好きだったから、話はとんとんと進んで今日の顔合わせになった。

「それにしても、先の大火のときにおけいちゃんが背負っていた子が、もう修業を始めるとは早いものねえ」

おちよがしみじみと言った。

岩本町から横山町へ移るもととなった大火では、おけいは乳呑み子の善松を背負って必死に逃げていたものだ。

「それを言うなら、ここの二代目だってそうだよ。あのちっちゃかった千坊がもう嫁取りなんだから」

元締めが笑みを浮かべた。

「うちの升造にもそのうち嫁をと、女房と相談しているところなんです。同い年ですからね」

大松屋のあるじが言った。

「それもあって、このたび新たな娘を入れて、おようちゃんをのどか屋番にしたわけだから」

信兵衛がおようを見た。

今日もふくら雀のつまみかんざしを飾った娘がほほ笑む。

「なら、その新たな人と升造ちゃんを？」

おちよが問うた。

「いやいや、そこまでの深謀遠慮《しんぼうえんりょ》じゃないんだが」

元締めがあわてて手を振った。

「そのあたりは、まあなるようになるでしょう」

升太郎がそう言って猪口の酒を呑み干した。

「この子だって、あれよあれよと言う間《ま》に大きくなって、お嫁をもらうようになったりするわよ」

おちよが指さしたのは、やっと歩きだした多吉だった。

まだおぼつかない足取りで、小太郎とふくを追いかけている。

わらべはそのうち、べたっと倒れて泣きだした。

「あらあら」

おそめがすぐさまなだめる。

「おそめちゃんと多助さんが出会ったのも大火の縁だったし、禍《わざわい》は転じて福となるんだね」

元締めが感慨深げに言って、帆立《ほたて》のつけ焼きに箸を伸ばした。

身のほうは普通につけ焼きだが、肝は臭みを取るべく生姜煮にする。どちらも酒の肴にはもってこいだ。

「はいはい、泣きやんで。あと十何年くらいしたら、おまえも見世を継ぐかもしれないんだから」

おそめが多吉に言った。

「それはちょっと気が早いよ。まだ見世もできてないんだから」

多助がそう言ったから、のどか屋に笑いがわいた。

「ともかく、よしなにお願いしますね」

母の顔で、おけいが言った。

「こちらこそ」

「しっかりお預かりしますので」

おそめと多助の声がそろった。

二

南のほうからちらほらと花だよりが届きはじめたある日、あの男が久々にのどか屋ののれんをくぐった。

あんみつ隠密だ。

「おう、万年から聞いたぜ」

安東満三郎は、厨にいた千吉にいきなり声をかけた。

「ありがたく存じます。今日は餡巻きができますよ」

千吉はへらをさっとかざした。

今日は子《ね》の日だ。二幕目ののどか屋の厨は千吉が受け持っている。時吉は長吉屋で指南役だ。

「おう、いくらでも焼いてくんな。若おかみは呼び込みかい」

あんみつ隠密が問うた。

「ええ。そろそろ帰ってくる頃合いかと」

千吉は答えた。

「おつとめのほうは一段落を？」

おちよが声を落としてたずねた。

「いろはほへと、かい」

あんみつ隠密も小声になる。

「ええ。にが抜けてるやつで」

と、おちよ。

「幸い、悪党は捕まった。さる藩の船奉行らの働きで、おれが捕り物をやったわけじゃねえけどよ」

黒四組のかしらは渋く笑った。

「それはそれは。なら、しばらく江戸でゆっくりできるんでしょうか」

おちよはたずねた。

「おう。そう思って帰ってきたら、二代目にいいなずけができたっていうじゃねえか。ひと足早く花が咲いたみてえで、こんなめでてえことはねえや」

あんみつ隠密は白い歯を見せた。

「安東さまのおかげで」

餡巻きをつくりながら、千吉は言った。

「おれ？　何でおれが出てくるんだい」

安東満三郎がいぶかしげに問うた。

千吉はかいつまんでわけを話した。

あんみつ隠密が妻になる娘に思い切って声をかけたとき、背中を押してくれた風のこと。同じ風を感じて、おのれも勇《ゆう》を鼓《こ》しておように切り出したこと……。

ときどきつかえながらしゃべる千吉を、おちよは黙ってあたたかく見守っていた。

「そうかい。そりゃおれのおかげかもしれねえな」

黒四組のかしらが笑った。

「風で背を押していただいたから、おようちゃんがうんと言ってくれて……はい、上がりました、餡巻き」

千吉は満面の笑みで皿を差し出した。

「こりゃ縁起物だな」

あんみつ隠密はそう言うと、さっそく餡巻きにかぶりついた。

「うん、甘《あめ》え」

いつものせりふが飛び出す。

「二本目もおつくりします」

千吉がまた手を動かした。

「おう」

安東満三郎はそう言って、おちよがついだ猪口の酒をくいと呑み干した。

それから、千吉を見て言った。

「今度は風を返してやらねえとな」

「風を？」

千吉は顔を上げた。

「そうだ。背中に吹いてくれた風を、今度はおめえさんが返してやるんだ。べつに難しいことじゃねえ。うめえ料理をつくって、来てくれた客をほっこりさせるだけでも風は吹かあな」

あんみつ隠密は情のこもった言葉をかけた。

「今度は、わたしが風を」

千吉がうなずく。

「そうだ。客の背に風を吹かす二代目だ」

安東満三郎が笑みを浮かべた。

「風の二代目ね」

おちよが約《つづ》めて言う。

「なんだか役者みてえだな」

そう言って笑った黒四組のかしらの前に、二本目の餡巻きが差し出された。

「おう、甘え風が吹いてきたな」

あんみつ隠密はそう言って、さっそく次の餡巻きに手を伸ばした。

三

ややあって、おようがおけいとともに客をつれて帰ってきた。江戸見物とあきないを合わせて五人だから、しばらくは案内でばたばたした。

「大漁じゃねえか、若おかみ」

あんみつ隠密が声をかけた。

「おかげさまで。たくさん来てくださって」

おようが笑みを浮かべた。

「はい、お茶の支度ができたよ」

千吉が盆を渡した。

「はあい、ただいま」

おようが受け取って運んでいく。

その髷に、白い牡丹《ぼたん》のつまみかんざしの花が咲いていた。

「息が合ってるな」

安東満三郎が笑みを浮かべた。

そこでまた客が入ってきた。

岩本町の御神酒徳利に加えて、珍しく「小菊」の吉太郎の顔まであった。

「まあ、吉太郎さんまで」

おちよが驚いたように言った。

「ご無沙汰しておりました。二代目さんのお祝いに、ちょいと細工したものをお持ちしましたので」

細工《さいく》寿司の名店のあるじは、手に提げていた風呂敷包みを解いた。

「見たらびっくりするぜ」

湯屋のあるじが言う。

「では、お披露目で」

吉太郎は芝居がかったしぐさで風呂敷を取り去った。

「まあ」

おちよが目をまるくした。

「うわあ」

厨から出てきた千吉も声をあげる。

見事な細工の太巻きに、若い男女の顔が浮かんでいた。

「こりゃもったいなくて食べられねえな」

覗きこんだあんみつ隠密が言う。

ほどなく戻ってきたおようは、初めて見る真《しん》に迫った細工寿司にぽかんとした顔をしていた。

「おいらの娘婿の吉太郎だ。江戸一の細工寿司の名手だからよ」

寅次が自慢げに紹介する。

「吉太郎です。このたびはおめでたく存じます」

吉太郎は初顔合わせの娘に頭を下げた。

「あ、はい、ようと申します。どうかよしなに。なんだか、びっくりしちゃって」

およう は少し上気した顔で言った。

「小さい細巻きをいろいろつくって、仕上がりを思案しながら巻いていくんだ。それを切ると、こういった顔が浮かびあがる」

千吉は細工寿司を指さして言った。

「千吉さんには前に教えたことがあるんで」

吉太郎が笑顔で言った。

「じゃあ、つくって」

おようがさっそく水を向けた。

「えー、こんなに上手にできないよ」

千吉は尻込みした。

「売り物じゃなくて、内輪だけの花見なんかでつくればいいじゃないの。しくじっても笑い話で済むから」

おちよが言った。

「お花見だったら、うちはみな毎年行ってるんで」

と、およう。

「なら、千坊だけまぜてもらいな」

岩本町の名物男が軽く言った。

「もう、坊じゃないですぜ」

富八がすかさず言う。

「ああ、そうだな。いいなずけがいるんだからな、二代目には」

寅次が髷に手をやった。

「うちは旅籠があるから、みなでっていうわけにはいかないけど、千吉とおようちゃんが抜けるだけなら何とかなるから」

おちよが言った。

「これで話が決まったな」

あんみつ隠密が軽く手を打ち合わせた。

「なら、千吉さん、笑顔の細工寿司つくって」

おようがせがむ。

「うーん、分かったよ」

千吉は笑みを浮かべた。

四

花はだんだんに咲き、花見の季《とき》になった。

のどか屋は花見弁当づくりで忙しくなった。大和梨川藩の勤番の武士たちやよ組の火消し衆やなじみの大工衆など、ほうぼうから舞いこんだ注文に応えて、色とりどりの華やかな弁当をつくった。

そんなある日、千吉がねじり鉢巻きであるものをこしらえた。

笑顔の細工寿司だ。

目や鼻や口に見立てた細巻きをより合わせ、細工寿司の太巻きをつくる。

しかし……。

やはり細工寿司にかけては吉太郎とは腕が違った。いざ切ってみると、笑顔というより、なんだかべそをかいているように見えた。

「うーん」

千吉はあいまいな表情で腕組みをした。

「人の顔に見えるからいいじゃないの」

おちよがなだめた。

「これはこれで、味があると思う」

おようも言う。

「あんまり上手な顔だと、もったいなくて食べられないからな。これくらいがちょうどいい」

時吉も笑みを浮かべた。

「とにかく、詰めて包んで行っといで」

おちよがうながした。

「今日はお花見日和だし」

座敷で丸まって寝ている猫たちをちらりと見てから、おようが言った。

「そうだね。待たせちゃ悪いから」

気を取り直すように言うと、千吉は花見弁当の仕上げにかかった。

五

墨堤《ぼくてい》にいい風が吹いていた。

千吉とおよう、おせいと大三郎、それにおようの弟の儀助がぶらぶらと歩いている。

これから花見だ。

「おう、あのへんがいいな」

茣蓙《ござ》を背負い、大徳利を提げた大三郎が言った。

「そうね。ちょうど桜も大川《おおかわ》も見えるし」

おせいが言う。

いくらか盛りは過ぎたとはいえ、あたたかな日和とあって、花見客の姿はそれなりにあった。それにまじって、千吉たちも腰を下ろした。

「なら、さっそく、千吉さんが腕をふるった細工寿司を」

おようが風呂敷包みを解いた。

「下手《へた》だから、笑わないでください」

千吉が先手を打った。

「おっ、顔になってるな」

現れ出でた細工寿司を見て、大三郎が言った。

「へえ、同じ顔が出てくるの」

おせいも興味深げに言う。

「ほんとは笑顔にしたかったんですが」

と、千吉。

「見ようによっちゃ、笑顔に見えるぜ」

つまみかんざしづくりの親方が笑みを浮かべた。

「食べる人が笑顔になればいいじゃないの」

おせいも言う。

「いいこと言うね、お母さん」

と、およう。

「細工寿司だけじゃねえ。ほかも豪勢だな」

お重《じゅう》を並べて、大三郎が言った。

寿司はほかに筍《たけのこ》のちらし寿司、細魚《さより》や胡瓜や玉子焼きなど、色とりどりの具を美しく配した手綱《たづな》寿司、これも具だくさんの稲荷《いなり》寿司。このほかに、小鯛の焼きもの、干し椎茸と金時人参と高野豆腐《こうや》の煮物、昆布巻きに青菜の胡麻和えに煮豆など、さまざまな料理がきれいに詰められていた。

「何から食べようかしら」

おせいが言った。

「どれもおいしいから」

おようが笑みを浮かべた。

いい風が吹いてきた。

今日のつまみかんざしは目の覚めるような菜の花だ。いちめんの桜の中だから、黄色がひときわ目立つ。

「お、どんどん食いな」

大三郎がうながした。

「はい……じゃあ、ちょっとしくじった顔を」

千吉は少し迷ってから、娘の顔を口中に投じた。

「だったら、わたしは千吉さんのほう」

何がなしに唄うように言うと、おようは細工寿司に箸を伸ばした。

「うん、味はいい」

千吉がうなずいた。
風に乗って、ふるふると花びらが流れてきた。
それはためらうように舞い、娘をかたどった顔を半ば覆うように止まった。
「あ、笑った」
おようが声をあげた。
半ば隠れた娘の顔は、本当に笑っているように見えた。

［参考文献一覧］

『一流料理長の和食宝典』（世界文化社）
田中博敏『お通し前菜便利集』（柴田書店）
田中博敏『旬ごはんとごはんがわり』（柴田書店）
畑耕一郎『プロのためのわかりやすい日本料理』（柴田書店）
野口日出子『魚料理いろは』（高橋書店）
飯田和史『和のごはんもん』（里文出版）
『人気の日本料理2　一流板前が手ほどきする春夏秋冬の日本料理』（世界文化社）
野﨑洋光『和のおかず決定版』（世界文化社）
志の島忠『割烹選書　秋の料理』（婦人画報社）
志の島忠『割烹選書　冬の料理』（婦人画報社）
志の島忠『割烹選書　酒の肴春夏秋冬』（婦人画報社）

志の島忠『割烹選書　四季の一品料理』(婦人画報社)
『道場六三郎の教えます小粋な和風おかず』(NHK出版)
『笠原将弘の30分で和定食』(主婦の友社)
高井英克『忙しいときの楽うま和食』(主婦の友社)
松本忠子『和食のおもてなし』(文化出版局)
柳原尚之『正しく知って美味しく作る和食のきほん』(池田書店)
鈴木登紀子『手作り和食工房』(グラフ社)
『復元・江戸情報地図』(朝日新聞社)
今井金吾校訂『定本武江年表』(ちくま学芸文庫)

風《かぜ》の二代目《にだいめ》 小料理《こりょうり》のどか屋《や》 人情帖《にんじょうちょう》28

著者 倉阪鬼一郎《くらさかきいちろう》

発行所 株式会社 二見書房
東京都千代田区神田三崎町二-一八-一一
電話 ○三-三五一五-二三一一［営業］
○三-三五一五-二三一三［編集］
振替 ○○一七○-四-二六三九

印刷 株式会社 堀内印刷所
製本 株式会社 村上製本所

時代小説
二見時代小説文庫

 ISBN978-4-576-20027-9
https://www.futami.co.jp/